GISELA KRAFT

PLANET NOVALIS

GISELA KRAFT
PLANET NOVALIS

ROMAN
IN 7 STATIONEN

VERLAG FABER & FABER LEIPZIG

NOVALIS AN RAHEL JUST IN TENNSTEDT

Freyberg: den 7ten November. 1798.

… *Mit der Kürze der Lebensdauer wächst der Gehalt, die Bildung und Geistigkeit. Die Bücher nähern sich jetzt den Einfällen – Einmal vorübergehend – aber schöpferische Funken. Wenn es mir gelänge, einen solchen Funken – als Lebensthätigkeit zu fixieren?* …

INHALTSVERZEICHNIS

NOVALIS AN RAHEL JUST IN TENNSTEDT

Freiberg, den 5. Dezember 1798

... Mit meiner Gesundheit hats seit 14 Tagen wieder gehinkt ... Es ist hier alles krank ... Julien ist noch immer häufig mit dem fürchterlichen Gesichtsschmerz heimgesucht, erträgt aber diese entsetzlichste Krankheit mit der heitersten Resignation ... Nach Grüningen werd ich zu Weihnachten schreiben. Mit der Anhänglichkeit an diese guten und unvergeßlichen Leute ist es wahrlich nicht aus – aber mit der Lust an sie zu schreiben. Wahrscheinlich komm ich wieder im März hin ... Der Ort selbst tut eine wohltätige, die Erinnerung eine erweichende, schädliche Wirkung auf mich ...

HANS GEORG VON CARLOWITZ AN NOVALIS IN FREIBERG

Dresden, 20. Januar 1799.

… Du glaubst nicht, wie groß die Thorheit und der Unverstand der sächsischen Stände ist. Graf Tottleben hatte eine Schrift in der Tasche, in der er auf Abschaffung der Taufe, des Abendmahles, der Trauung u.s.w. antrug. Er wurde … höflichst ersucht, sie in der Tasche zu behalten. Der Domherr Holleufer … wünschte die Aufhebung aller Anstalten, wo Schulmänner gebildet werden, weil dergleichen Kerls doch nichts lernten und auch nichts zu wissen brauchten. Herr v. Wietersheim bittet um Schiffbarmachung aller Flüsse in Sachsen, damit die Beschwerden über die Magazinfuhren erledigt werden möchten. Graf Ronnov will die Witwen und Waisen der Steuerofficianten verhungern lassen, weil sie sonst dem Staate zur Last fallen könnten! Komm nur auf einen Tag zu mir, ich will Dich in den Rittersaal führen und Du wirst dort mehr lernen, als Du wissen willst. Neugierig bin ich, welchen Eindruck es auf Dich machen wird, wenn Du die vornehmsten Glieder unsres Landes, mit der Chokoladentasse in der Hand, wie aristokratische Sansculotten sprechen hörst …

Dresden, 10. Februar 1799.

Dein Bild von den Ständen ist leider sehr wahr, aber der Entschluß, nie auf dem Landtage zu erscheinen, ist nicht patriotisch. Jeder tut für die gute Sache was er kann, und gerade Du würdest viel können. Du bist der einzige mir bekannte Mensch, dem ich zutraue, daß er eine ganze Generation erheben und die verhaßte Stimme des Egoismus, der Dummheit und der Brutalität unterdrücken könnte …

I
GRÜNINGEN

Ostermontag, 25. März 1799

EINS

Ich weiß nicht, ob ich nach Grüningen gehe. Ich weiß nicht, ob ich es bin, der da geht, ob es Grüningen ist, das vor mir liegt. Habe den Braunen hinterm Greußener Schlagbaum zurückgelassen. Zuviel Leib, zuviel Erinnerung und Fixierung. Die eigenen Fußsohlen sind die geringste gemeinsame Fläche mit dem schweren Planeten. Auch dieses Verhältnis lösen wir flüchtigen Trittes fortwährend auf. Hingetupfte Küssespur, durch Stiefelsohlen. Falls überhaupt eine Spur bleibt, geringstenfalls in jenem Wolkenkontor, wo Heerscharen niederer Engel damit beschäftigt sein sollen, Reden und Taten der verleiteten Menschen sämtlich in eine Chronik einzutragen und darüber hinaus ihre Pfade über Land, sonderlich die geheimgehaltenen, in Risse zu bringen. Ich weiß nicht, ob es diese Chronik denn gibt, Vater. Ich bin so leicht, daß ich zweifle. Wo ich eben war, bin ich jetzt davon.

Wie wäre ich aber je leicht geworden, hätte ich meine Last nicht auf Sophies Grab abwerfen dürfen. Dieses Grab, das sich breit macht auf dem Grüninger Hügel, seit auch die Danscour dort einzog, Machère, notre chère, chère du monde de la tendresse. Wie um weiterzupflegen, sou-terrain, wen sie auf einer gewissen, vertrauten Dachetage gepflegt hat. Ach, ihre Liebe war mächtig genug, Sophie nachzufahren, während mir nur ein Stümpern gelang, in Philosophie –

Bienvenu, armer Fichte. Da selbstredend Sie mir hier in den Sinn fallen müssen, exakt an der hinter mir niedergegangenen Greußener Grenzschranke, wo vor bald zwei Jahren ich *den eigentlichen Begriff* Ihres Ich zu entdecken glaubte. Bienvenu, mais perdu. Nun zweifle ich ferner an meiner Fähigkeit, das meine nach Ihrer Absicht zu setzen. Ich bin gesetzt, ehe ich wurde, geschweige zu denken anfing. Der Schritt geht auch nicht vom Ich zum Nicht-Ich hinaus. Allenfalls bin ich Nicht-Gott, von Gott gesetzt. Mir ist unterm Ich ein tieferes Ich aufgegangen, von dem ich den väterlichen wie den fichtelichen Vorhang erst wegziehen mußte, wie vor dem Bildnis zu Sais.

Wann aber. War das nicht ein Zerren des Stoffs an den Ringen, ein Auf- und Zuziehen. Schwer beutelnde Portiere, kein Schleier. *Einem gelang es, er hob …* Es gibt keinen Moment der Erleuchtung, keinen Wunderwind, der die Hüllen hinwegfegt. Mir gab es ihn nicht, *den Schleier der Göttin:* mit Tausenden Nadeln vernistelt. Du kannst nur Löcher hineinreißen.

Also, wie. Was hat sich so in mich eingeschlichen, daß ich doch einen Grund sehe. Sind meine Augenlider der geschlossene Vorhang. Was soll's, diesen Weg kenn ich im Traum. Meine Pupillen, nach hinten gerollt wie im Schlaf, leuchten ins Innere hinab. Die Handbreit Inneres zwischen Brustbein und Wirbelsäule. Wer schläft, sieht nicht. Träume sind fremdgesetzt. Ich will aber sehen, das macht mich, auf linealgerader Straße, zum hakenschlagenden Hasen. Weil ich den Jäger mit der Traumbüchse abschütteln will. Wer jagt mich, Vater. Mein Ich will den Grund. Dunstwort: Ich. Mein Willen sei jener Rest, den ich selber halte, bewacht vom Verstand, den ich mit anderen teile. *Der echte Grund-Satz ist ein vom Verstande saisierter, festgehaltner und figurierter Willen –*

Zu sehn ist heute ohnehin rein nichts, auf den Feldern. Die Krume braun und glatt, die Saat schon darinnen, der Keimling noch nicht heraus. Verdrillt, sagen sie hier. Was da glänzt: viel Bauernschweiß, der floß beim Verdrillen. Wer mitfühlt, sieht ihn hinein, der Achtlose läuft durch leeres Land. Beweis, daß Hineinsehen zur Wirklichkeit führt, bloßes Sehen darüber hinweg. Prägnanz der Phantasie. Weshalb Phantasie auch für - gefährlich erachtet wird. Am Ende einer Kette echt poetischer Folgerungen steht immer *Republikanism.* Sag *Vaterlandsliebe.* Nein, der Vaterbegriff selbst eine Kette. Noch hängen wir in Landesvaterlandsliebe. Nun stolpere nicht, beim Hakenschlagen.

Erkenntnis springt, aber sie hüpft nicht. Erkenntnis gleicht eher der Arbeit des Sisyphus, insofern als ich alles bisher Geglaubte, Gefehlte, Begriffene wie einen Stein mit mir hinanwälze. Um jeden Fleck des Steins wieder und wieder im Rollen zu überprüfen. Kugelt die Last einmal selber voraus – geht's bergab. Ein

Sisyphus, der ohne Stein den Berg hinaufläuft, was wäre der. Ein Gespenst, ohne Leib.

Und fühle mich doch eben so leicht. Bin ich selbst ein Gespenst? Weiß ich, ob ich, der da denkt, noch bin? Oder werde auch ich nur geträumt, von mir und von den übrigen Mimen auf unserer Traumbühne – heute hab ich meinen Monolog. Wurde ich nicht wegen Geisterns, wegen plötzlicher Auftritte und noch rascherer Abgänge, öfter getadelt, vom Publikum, das in dem Traumspiel den Chor gibt. Ach, diese Leichte, welch gewaltige Zugkraft, die mich in der Frühe vom Bett schnippt, mir die Kleider anwirft, im Buche die Seiten umschlägt, Gedanken vor der Stirn vorbeitreibt, kaum ehe die Feder sie faßt. Laß fallen die Feder, aufs Roß, rufen die Außenposten, jag dein Dreieck ab zwischen Vaters Salinen, jag zwischen den Fächern deines Metiers. Bei Tische nicht nur gelöffelt, eilends eine Predigt gehalten, über ein, zwei, drei historische Themen, laß fallen Serviette, Anverwandte warten, Freunde, Klienten, immer irgendwo, vergebens. Ach, und die Geliebte. Mein Haar steht nach vorn, wenn ich geflogen komme, gegen den Wind.

Bist du es, Sophie, die mich zieht und nährt, Himmelsmutter, an langer Nabelschnur, als wenn die runde Erde nur ein Embryo wäre, und ich darin der Gravitation entrückt.

Freilich ziehst du mich jetzt. Doch nicht zum Grab. Sähe ich Engel dort sitzen, würden sie sagen: Die du suchst, ist nicht hier.

Das Hineingesehene ist das Unsichtbare ist die Wahrheit, der Weg und das Leben.

Da ich so im Stillen krankte,
Ewig weint' und wegverlangte
Und nur blieb vor Angst und Wahn –
Ward mir plötzlich wie von oben
Weg des Grabes Stein gehoben
Und mein Innres aufgetan …

War aber die Einsicht schon älter, und aus der Heiterkeit entsprungen. Soll Wahrnehmung ganz mein eigen sein. Nicht irgendwo hergeschlichen noch aufgetan, auch von oben nicht. Gleichwohl zuweilen plötzlich. Wie Söffchen ins Zimmer sprang – und das mehrere Male, in verschiedene Zimmer. Sprung eins. Wie ich, dermaliger Vizeaktuarius Friedrich von Hardenberg, in Begleitung und Diensten des Tennstedter Kreisamtmanns August Coelestin Just, im Grüninger Schloß im Salon saß – denn dort knackte das Kaminfeuer – am siebzehnten November anno siebzehnhundertvierundneunzig. Wir redeten mit dem Gutsherrn Hauptmann Rudolf von Rockenthien Geschäftliches. Die Tür flog auf, eine Wolke von Kindern stob herein, inmitten sie. Das rummelte, die Geschäfte gingen in Staunen und Scherzen unter. Eine Viertelstunde hat mein Dasein bestimmt –

Präzise so war es, nicht? Habt ihrs aufgezeichnet? Prüft euer Protokoll, ihr heimlichen Chronisten.

Nein, es ging anders? Die Kleine sei uns schon auf der Treppe entgegengesprungen, und das übrige Völkchen aus Rockenthiens Kindern und Stiefkindern huschte um sie herum – oder lärmte noch oben – warum weiß ich es nicht? Warum verhüllt sich der heikelste Moment meines Lebens in meinem Gedächtnis? Gleichwie ein Medaillon, dessen Bildseite durch allzu häufiges Hervorholen und Befingern unkenntlich wird. Wie ein Spiegel, der vom Atem beschlägt. Wann sah ich die Mutter zum ersten Mal. Erhob sie sich, als die Herren eintraten, mit einem weichen Lächeln, ein wenig schwer, mit schon sichtbarlichem Zuwachs der Zwergenbande unter dem Herzen. Setzte sich wieder oder verließ den Raum. Ließ aber ihr mildes vergnügtes Gesicht überall an den Wänden hängen, das vermischte sich mit den Ahnenportraits, ließ sie selber lächeln. Schaute zum Fenster herein wie heraus. Habt ihr es euch denn gemerkt, Schreiberlinge. Schaut einmal nach. Hat zwei von euch, in einer Pause, als die Welt einen Augenblick schön und gut schien, der Maler Raffael müßig auf einer Fensterbank angetroffen. Oben schritt die Madonna. Das wird höheren Orts zu Buche gebracht, da braucht es Erzengel.

Sprung zwei. Wie ich, den zweiten Mai fünfundneunzig, meinen dreiundzwanzigsten Geburtstag hatte. Liege bereits bräutlich versprochen im Grüninger Pfühl. Bleibe beileibe nicht liegen, sondern laß mir von der Morgensonne das Hemd überstreifen.

Blinzele so gegen das Sonnenstrahlengefunkel, als plötzlich Sophie im Eckstübchen steht. Das Klopfen hör ich erst später, da ist es Herzklopfen. Sie bringt eine Torte. Vom Gipfel des Kuchenhügels ringelt sich die Nationalkokarde. Blauweißrot – aber der dünne Streif Blau rinnt herab von der Schleife und bläht und bauscht sich als Rock um ihren Mädchenkörper. Doch bevor ich hineinstürze, und fasse nur einen Pulsschlag lang ein Stück Saum zwischen den Fingern, ist die Erscheinung vorüber, der Saum entwischt, die Tür wie ehedem zu.

Selig, wie ein Himmelsknabe,
Der der Jungfrau Schleier hält ...

War diesmal kein Halten. Allein die wundersame Bläue quillt noch und dehnt sich, wenn ich ihrer nur innewerde. Fische vergessen des Meeres Farbe.

Ein Grund, der nicht unter dem Meere wäre, sondern das Wasser selbst. Grundfeste: statisch. *Resultat des Philosophierens ... entsteht durch Unterbrechung des Triebs nach Erkenntnis des Grundes ... durch Stillstehn ...* Ein Grund, jenseits der Resignation der Erkenntnis ob ihrer Resultate. Eine Bleibe im Strom.

So laß ich mir die Hut des Herrn gefallen.

Wie heute auch, wieder einmal, das Wetter zu keinem klaren Ergebnis finden will und weder auf der Kreditseite noch auf der Debetseite zu registrieren wäre. In der Frühe war's eisig. Gegen Mittag regnete es. Jetzt scharwenzelt ein Wind bald von links, bald von rechts um die Ohren, untersteht sich aber zu pfeifen. Und wenn ich, Herr, die Augen zum Himmel erhebe, scheint der von einem Filz untersetzt, der hier und da löchrig wirkt und doch keine Höhe freigibt, sondern wie eine verschossene klebrige Perücke hinter den Horizont hängt. Kein Tropfen perlt, keine Wolke zeichnet sich ab. Wie wenn wir statt jungen Lenz schon die Ewigkeit hätten, nicht Licht, nicht Dunkel, ein bleiches Äquilibrium.

So treiben Gedanken konturlos widereinander und tauchen ab.

Ich will denken wollen, nicht denken sollen.

Wahrheit, weder aufgedrungen noch weggescholten. Wahrheit, das Wort drückt. Freiheit vielmehr. Da die höhere nicht zu erlangen noch zu ertragen, ist diese Mischung meteorologischer Zustände vielleicht als ihre gemäßigte Spielart, für ein eingeschirrtes Bewußtsein, ein Geschenk des Himmels.

Sprung drei. Den ich selber tat. Neun Tage vor Sophies Tod, dem Ende des geliebtesten Wesens, der leise Sprung vom Krankenbett zur Tür hinaus, der Satz aufs Pferd, in Sätzen von hinnen. Gesprungenes Leben seither. Als wenn durch einen feinen Riß der ganze Mann Hardenberg unmerklich aus sich selbst heraussickerte. Ein stetes okkultes Bluten. Soweit die Strafe, sei's drum. Mein Lohn für die Scheu, das Liebste sterben zu sehen: ihr unversehrtes heiliges Antlitz, das mich zu allen Zeiten, aus allen Himmelsrichtungen – welches Wetter immer sie färbt – anblickt wie in der Stunde der Berufung Gabriel den Propheten … Das Gleichnis sei lästerlich? Nein, Vater. *Wir sind auf einer Mission …* Sophie, indem sie zugrunde ging, ist mir zum Grund geworden. *An diesen Absolutis hängen wir,* sie prägen wir wiederum unseren Werken ein. *Zur Bildung der Erde sind wir berufen,* was nichts als ein kindlicher Dank an die Mutter wäre. *Einst wird die Menschheit sein, was Sophie mir jetzt ist –*

Vollendet? Oder ausgelöscht? Was weiß ich, da ich nicht weiß, ob ich gehe oder träume, oder geträumt bin. Des leeren Grabes nicht sicher bin. Die Engel den Grabstein verlassen haben. Ob eins modert oder wieder aufsteht, oder beides. Ob meine Schritte nachgezeichnet werden oder auch vorgezeichnet. Ob mein Werk nur ein Uhrwerk gewesen sein wird, nach dem ich ablief, eine Strecke von A nach B zwischen leeren Äckern.

Wie war das doch ein paar Schritte zurück – mit der entfesteten Feste, der strömenden Bleibe. Da schwimmen auch die Absoluta fort. Wo bleibt Sophie. Bin ich dabei, mir wieder einen stabilen Grund nageln zu wollen, auch wenn ich ihn senkrecht stelle und listigerweise um den Horizont kreisen lasse. Antlitz, unversehrt? Kann ein Gefühl nicht einen Augenblick, von einem bis zum nächsten Ackerrand, dauern. Geschweige für die Frist eines Grabbesuchs. Muß ich der inneren Anschauung einen weiteren Raum geben als diese dunstfette Greußen-Grüninger Himmelsglocke. Trete ich nicht lebenslänglich den Blasebalg, aber der

Ton des Harmoniums sinkt kläglich ab. Heiserkeit des Zweifels. Wer verkündet, hat eine klare Stimme nötig. Selbst für die endgültige Feststellung der Leere einer geschaufelten Grube. Respektive einer Felsengruft. Die du suchst, ist nicht hier. Vom Antlitz bleibt ein Blick. Vom Namen die bewegliche Bedeutung. Du, der du dich suchst, bist nicht hier. Schaust von außen herein, wie Malers Engelchen. Siehst den Stein rollen. Ja, roll nur, immer vom Grabe fort.

Rollt nur, Tränen. Daß mir das Bildnis aufs neue verschleiert werde.

ZWEI

Hardenberg sah sich auf dem Streifen angedrückter Erde, der Fahrweg hieß, zwischen mäßig weiten, von niedrigen Hecken und Baumreihen begrenzten Äckern vorangleiten, vom Punkt A namens Greußen nun schon ein beträchtliches Stück entfernt, somit näher an B – Gott helfe – ihm war, als fahre er, so wie Hunte auf ihrem Gestänge leer in einen Stolln hinabrollen, um unten mit Erzkörben neu beladen zu werden, immerfort abwärts, und stieg doch, sobald die ersten Häuser passiert waren, sacht bergauf.

Grüningen ist nicht Freiberg, Sophie nicht Julie. Was die Last angeht, freilich, hab ich nicht eben gemeint, sie droben losgeworden zu sein, dort, wo ich hinwill, wo über den Dächern mein Kirchlein in der Himmelsmilch schwimmt. Mit leeren Händen komm ich denn auch. Keine Blumen irgend, auf ein Gräberpaar zu stecken, das sich wie Brüste aus dem mütterlichen Hügel wölbt. Allerlei Seelenfetzen bring ich – wenn weiter kein Wind fegt, will ich sie bei der Friedhofswand auf die kahlen Ruten der Sträucher spießen. Gedanken sind der Stein. Mein Leib ist ohne Gewicht.

Den Grüninger Hügel ausbeuten, ha! Hier herum ist es sumpfig. Wo die Pflugschar trocken bleibt, klebt Lehm, knirscht Schotter, bröselt Torf. Oder Tuff bricht in Stücke, durchlöchert vom Schilf, das früher einmal hindurchwuchs. Versinterte Flut. Unter der Kuppe, reifdünnes Marienglas, wo der Keuperstein lose übereinanderliegt wie ein umgeworfener Stoß Bücher. Nein, die Zeche käme teuer und könnte feucht enden. Hier ist Feuer älter als Wasser, das Wasser siegte. Feldbauernland, einst Fischers Auskommen! Wie der Name der Kirche noch kündet: Sankt Petri. Mein Schloß, unerbaut, am Grund eines Sees. Bis sie im vierten Jahrhundert den Durchbruch bei Sachsenburg stachen. Das Wasser lief ab, als erstes schaute mein Hügel heraus, grünes Buschwerk sproßte: Grüningen. Die Fischer bauten sich Hütten. Legende? Hab ich den See selber geweint, zu Christi Zeiten?

Still. Die Reihe möchte selbst einem Fichte mißfallen, nicht wegen Überheblichkeit: Ich setzt Ich (These) setzt Eis (Antithese) setzt Vorzeit (Synthese). Es sei denn, daß ich von weiter her sei und flüchtete mich, aus einer Sphäre A in einen Punkt B, in die Wärme der Mutter. Die setzte mich aus, durch Gebären. Fluch der Mütter. Naturbetrachtung setzt immer ein Frieren voraus, sich an sein Werden Erinnern, Wasser, oder an ein Sein davor, Feuer. Weshalb ich nirgends, als hier, zu Hause bin. *Wasser ist eine nasse Flamme –*

Hardenberg nahm die letzte, steile Leite zum Friedhofsgatter mit langen Schritten.

Wenn ich jetzt stehenbleibe, liegt die Ebene, wo die Toten ruhen, meinem Scheitel auf.

Er blieb stehen. Linker Hand, auf einem Lattenzaun, der die Schweinekoben und Verschläge der Stallhasen eines tristen Gehöfts gegen den Fußpfad abgrenzte, tänzelte eine Katze.

Willkommen daheim – in der Tierheit.

Die Katze sprang mit einem luftigen Satz hinauf bis auf den gemauerten Pfosten des Gatters, dann auf den Erdboden. Sie drehte sich, sah Hardenberg, in Höhe seines Gesichts, starr an, grauweiß gestreiftes Fell, den zierlichen Kopf leicht eingezogen, Schreck und List im Blick, Eile und Ewigkeit. Danach strich sie rechts ins Gebüsch.

Sie glaubt an kein künftiges Leben – aber an die Seelenwanderung –

Was narrt mich. Gott – oder der Gottseibeiuns, der meine Andacht verwirrt. Spaß, Ernst – oder Gleichnis. Will mein Bruder Erasmus, dem es einfällt, an dieser Stätte sein selig Wesen zu treiben, mir die Stelle malen, aus seiner *Beschreibung von Grüningen*, da steht: *Denk dir Sophie … mit dem großen, alles anziehenden, eine Welt in sich fassenden Blick …*

Das Gatter stand offen. Hardenberg hob die Arme und schob sich seitwärts hindurch, ohne anzustoßen. War ihm nach Heimlichkeit zumute, nach Schonung des geheiligten Bodens, auf den er nicht treten mochte, wie einer nicht auf ein Brot tritt. Meisengezwitscher in den Wipfeln der Fichten, ein kindlich siegesgewisses Plappern von Frühling.

Ja ihr, Vögel. Wer das könnte: verweilen, ohne zu lasten. Zug und Druck in der Schwebe. Oder gleich vollends fliegen. Wie lange noch bin ich Objekt der Erdanziehung. Meinen auszufällenden Leib hält Sittlichkeit aufrecht.

Es trieb ihn, vom Fleck weg rechts die Kirche im entgegengesetzten Uhrzeigersinn zu umkreisen, um seine Ankunft bei den geliebten Gräbern hinauszuzögern.

Weiß ich, ob nicht ein Wunder mich aufhebt.

Der eingeschlagene Pfad führte aus dem Baumschatten fort, am Chor vorbei, in ein helleres Wiesenstück, wo erst wenige Grabplätze angelegt waren und wo sich der Osthimmel lichter zeigte. Der Wolkenflor kräuselte sich wie Haut auf der Milch, als könne er augenblicks reißen und zum Rand der Tasse zurückschnurren, doch blieben die hierzu nötigen Windstöße aus. Eine laue Kälte blähte sich ins Land, aufdringlich wesenlos. Wer aus ungewissem Frösteln seine Hände rieb, so Hardenberg am Ende des Gottesackers, fand sich, mit geröteten Handgelenken, wiederum weder erwärmt noch verfroren.

Wetter, Spiegelung dessen, was meinen Grund ausmacht. Was sich danach sehnt. Meine Tentakel reichen nicht hin. Kein divinatorischer Bescheid will mir irgend zuteil werden: Tu das, glaube dies. Gabriel am Horizont – aber keine Sure. Keine Bergpredigt, auf diesem Hügel, und auf jenem der Satz vergessen: Selig sind die Unsicheren. Denn sie werden geborgen sein.

Er wendete. Vor seiner Stiefelspitze lag eine Rose, bräunlich verwelkter Blütenkopf, gefroren und wieder aufgetaut, mit fingerlangem abgebrochenem Stengel. Er hob sie auf. Da er nun einmal die Augen am Boden hatte, sah er inmitten von fahlgrünem geschorenem Gras ein Polster samten schimmernder Märzveilchen, groß wie ein Pferdesattel, zum Hineinwerfen schön, und bei weiterem Umherschauen unzählige kleinere Nester. Viola odorata, welch ein Name. Adorata, warum nicht gleich. Wahrlich, euch anbeten möchte, wer selbst zu Gott nicht zu beten weiß.

Hardenberg taumelte, ging aber nicht in die Knie, sondern tat einen Satz zurück auf die von Füßen vor ihm kahl gescharrte

Spur durch die Wiese. Eiliger, wie er meinte, schickte er sich in den nördlichen Bogen des engen Ovals, das der Pfad um die Kirche schlug. Die welke Rose behielt er.

Erinnert bin ich, an was. Nun, dies war nicht Söphchens, es war Machères Farbe. Wie eines Abends, Söphchen fieberte und war endlich eingeschlafen, ich in Machèrens Zimmer trat. Sie saß am Tisch, die Tür zur Nebenkammer stand halb geöffnet, daß ich an der Wand ihr Bett sah. Ich setzte mich gegenüber. Das war wie ein Kreuz: die aufrechte Frau und wenig dahinter die Linie des Bettes. So ist der Mensch. Todes Geometrie. Das letzte Lager, das durch des Lebens gerade gehaltenen Rücken den Kreuz-Balken zieht. Dachte ich, dachte an Söphchen. *Ihr Steifsinn ...* Wollte weinen bei Machère. Ward aber abgelenkt. Das Kreuz umwölkte sich mit Farbe, mit tiefvioletter Farbe. Ihr Kleid, violett, ihre Haube, ihr lose getragenes Fichu, in weichen Falten bis über die Brüste und runden Schultern fallend, purpurviolett mit silbrigen Fäden, das Bett im Hintergrund, die übergebreitete Decke, matteres Violett, grau durchwirkt. Am Grunde all dessen, in der Vertiefung unter ihrer Kehle, eine Kamee aus goldigem Stein. Das Bild verschwamm mir. Wohin meine Tränen flossen, weiß ich nicht, vielleicht dort hinunter. Fühlte mich selber so trocken, immer ausgedörrter, als säße ich endlich als Knochenmann, als Gevatter am Tisch. Wir haben dann auch gesprochen, in dieser Veilchenstunde, französisch, worüber, über ein kindliches Leben im Nachbarzimmer, nicht über das eigene.

So wie ich den Veilchenton der Bratsche mag. Viola da braccio, Armgeige. Wer die im Arm hält, kann nichts zerdrücken. Freilich, die lichteren Schwestern, Kornblumenviolinen, Flötenvergißmeinnicht immer in Ehren ... Nimm Haltung an, Hardenberg. Die Ratespiele im blauen Salon, sie sind aus. Aber den tieferen Blumenklang, wo fandest du den, entsinn dich. Richtig. Den Ostersonntag vor zwei Jahren, als du zum ersten Mal zu Sophiens Erdenkammer aufbrachst, kurz hinter Tennstedt, stand dein Pferd fast mit den Hufen darin. Heute ist Oster-Montag, der Himmel abgeregnet, runzlig beherrscht. Der Wirbel der Auferstehung mündet in einen ruhigen Strom der Erschöpfung ...

Die Wiese endete hier. Nördlich des Chors Gräber dichter nebeneinander, getrennt durch geharkte Sandstreifen. Hardenberg blickte auf den Teppich fleckigen Grases zurück, zeitlose Narbe, Halme, die damals schon standen, verfitzt, verknäuelt mit sprossenden Samen, schattiert nach dem Leben und nach dem Ekel hin.

Schau, die Draperie der Schicksalslinien, an zerschlissener Kante gnädig von einer Rosette überwachsen, Kratzdistel, Stengellose, niedere Pracht – auch dies ein Kathedralenfenster, hinab in graumalgrauen Staub.

Nüchterner, Freund. Ein Bild kann ein vor der Pupille niedergeschlagenes Lid sein. Auch dieses.

Ohnehin bot der schloßabgewandte, wetterseitige Teil des Kirchhofs derzeit keine Farben, außer der von Erde, Mauerwerk und verwelktem Efeu, der Blick ging über die niedrige Mauer hinaus auf bräunlich nacktes Ackerland, das sich an dieser Seite flacher den Hang hinabzog und von einer schwarzen Hecke gegen den Himmel geschieden war, er hing an den nahen Besenkronen eines Weidengesträuchs, nebendran eine Karrenspur. Weiter kein Weg. Nur einzelne Zeilen sperriger Obstbäume deuteten an, daß die schier unendliche Leere, auf die Sankt Petri mit seinen bescheidenen Maßen einen vage schweifenden, erst zum Horizont hin feineren Schatten drückte, von Wanderern und Fuhrwerken durchquert werden konnte. Oder war vielmehr das Mäuerchen ein Versuch, den Schatten von innen her einzufangen und das an einem solchen Ort aus Trauer und Andacht flockende Dunkel geradenwegs, wie durch eine Esse, Gott zuzuführen – den das Gemüt sich stets im Zenit denkt.

Halt, violett. Wie wird mir da, zur Unzeit, Weihnachten warm: als Julie ein lila Kleid trug, heller eben, Rauhes Veilchen, an einem Rauhnachtabend in Freiberg. Wie ich neben ihr saß und meine Hand, um sie zu bezähmen, in Gänge des Stoffs hinabstieß, so weit geschnitten, daß die Bahnen zum Fuß hin wie Buchseiten übereinanderfielen. Tiefste schickliche Tiefe –

Hardenberg kam es an, auf die Knie zu fallen. Warum aber hier, noch etliche Schrittlängen von seinen Gräbern entfernt. Er trat kräftiger auf und passierte die nordwestliche Turmecke, so daß nun wieder mittägliches Licht, wenn auch kein Sonnenschein, um seine Augen wob, ehe der andere Schatten kirchdachhoher Fichten ihn aufnahm.

Diesen Moment hielt er ein, besann sich und sah umher. Eine Frau in einer ungefügen stumpfblauen Jacke ordnete Zweige auf einem Grab. Neben ihr stand eine Kanne. Hardenberg ging an der Frau vorbei, seinen Gruß nickend. Sie hatte aufgeblickt und den Kopf dann tiefer über ihre Arbeit gebeugt. Das Bild der Frau hängte sich Hardenbergs Rücken an. Er konnte sie betrachten, ohne zurückzuschauen. Nicht jung, nicht alt. Eine dicke schwarze Haarsträhne quoll aus dem Kopftuch und verschwand wieder darin. Die Züge ohne Liebreiz, aber von gleichsam wehrhafter Hingabe. Eine niedrige Stirn, wie … Ja, wie die Madonna.

Mein Weg zum Tode ist ein Weg durch die Weiblichkeit. Nicht das durch den Tod des einzigsten Weibes verfügte Meiden der Weiber. Eben jetzt zähl ich neun zum engeren Kreis. Zwei vor mir, hingestreckt. Eins hinter mir, gebeugt. Eine, die weint im Grüninger Schloß. Zwei, die mich in Tennstedt bewirten. Eine in Weißenfels, die mich gebar. Eine, die wartet in Freiberg. Eine, gemalt, unsterblich, in der Dresdener Galerie. Sollten sie alle nicht Larven der göttlichen Jungfrau selbst sein, fortlaufend erinnert? Warum zähle ich denn. Um die Zahl zu beschränken – oder mich auf die Zahl. Um all der Schwestern, anderen Mütter, Freundinnen, Freundesbräute zu vergessen, Tausende Ellen flaumichten, unter Busen gekräuselten Stoffs, gemacht um Tausende Freiersfänge darin zu versenken? Um zu verglühen, wie eine Sternschnuppe in der knisternden Erdenluft? Schwächer bin ich als das Weib mit der Kanne. Sie handelt. Ich vibriere nur auf der Stelle.

Weiblichkeit, sage ich jetzt, wäre ein GRUND, den Vaters Gott mir zu suchen gestattet. Geburtliche Energie. Wesen schaffend. Zeichnet nur mit, Chronisten, wie ich die Kirche umrundet habe und nun auf dem Pfad zu meinem Heiligtum bin. Grund unter den Füßen.

DREI

Will heißen, Abgrund. Denn da stehst du, Erasmus, toter Bruder, Freund auf mehr als ein Leben, in die Luft geschnitten. Ganz Mann, ganz Geist. Wirklich? Warst du nicht weich, als wir uns kannten: weicher als ich – und Sophie. Geh aus dem Weg, Lieber. Mir schwindelt, ich muß eilen.

Nein, du gehst nicht – frech dehnst du dich aus – Tote haben leicht wachsen – freilich ohne Farbe, die gab die Welt dazu. Oder sind es meine Totenaugen, die nur die Welt sehen. Büsche und Kreuze, die Grauskala. Geh ich selbst, durch dich hindurch, durch ein Tor. Aufblitzender, verlöschender Umriß. Starre auf die Erinnerung, starre auf gar nichts. Habe auch knistern hören. Jetzt wieder nur Zirpen. Also haperts mit deinem Abschied, Brüderchen, wenn du mir noch galvanische Grillen fängst. Oder sagst du, liegt es am Ort. Ist dieser dürftige Hain schon eine Station, hoch hinaus auf der Himmelsreise, ein Punkt zwischen B und Unendlich. Da halte sich einer, der noch im Fleische, zum Beispiel an jener Fichte, die gleichfalls im Holze steckt, gut fest.

Unsinn, würdest du sagen. Ich sei so oft in die Tiefe gefahren, in jüngster Zeit, daß meine Natur wie im Gegendruck sich Höhenflüge halluziniert. Was nebenbei das Phänomen der Leichte erkläre –

Bleib noch. Du. Der keinen Mondenumlauf hat verstreichen lassen, damals, bis er Sophie hinabgefolgt ist. Statt meiner. Der meinen *Entschluß*, meine Ehre gerettet hat. Geschwisterliche Substitution. Zugegeben, per Zufall, auf zerrütteten Lungenflügeln, die mir nur periodisch flattern. Verrate mir eins. Vergeht uns das Geschlecht in der anderen Welt – oder werden wir die vollkommenen Frauen. Sensibel, reagibel – verschworen. Denn daß wir Menschen bleiben, ist gewiß. Ist es das? Stieg ein Buddha bereits zum Engel auf? Die Abgeschiedenen hier – ob Bäuerlein, Kindlein, ob Tunichtgute – frei, gleich, miteinander – allein nichts weniger als selig, denn sie müssen noch lernen – in einer Bibelschule aller großen Religionen führen sie die Hefte ihrer Geist-Biographie – eine Schrift wie ein Duft?

Jeder Wunsch lag mir im Grabe,
Und zur Qual war ich noch hier …

Frustra, keine Antwort. Du bist fort.

VIER

Unsicher, ob die Frau mit der Kanne dem Herrn hinterher schaute, der da zögerlich, wohl nicht etwa trunken, einem Grab zustrebte, von dem er gelinde nicht zu wissen schien, wo es lag. Eben griff er sogar an die Rinde des alten Nadelbaums und preßte die Hand flach dagegen. Hardenberg hatte das Weibsbild vergessen, er spreizte die Finger, daß ein Efeublatt vom Druck befreit sich halb über den Nagel des Zeigefingers legte, ein geäderter Falter. Erschrocken, weil so ins Kleine entführt und in der Gefahr eines engen statt offenen Endes, riß er die Hand vom Baum, schritt mutiger aus und sah – wiederum Kleines. Er kniff die Lider zusammen. Von den Gräbern der Sophie von Kühn und Jeanette Danscour funkelten Veilchen herüber, nicht kissenweise, wie jenseits der Kirche, sondern nur hier und da, über das Erdreich verstreutes Geschmeide. Sieh an, Söffchen, sie verzärtelt dich immer noch, notre Machère.

Die Frau – nicht daß sie am Ende zum Schloß gehört. Sah sie dort nie beim Gesinde. Der Herrschaft erzählt, ich sei hier. Nach gestrigem heißem Händedrücken und Tränenlebewohl! Am Tag nach dem Festtag, nicht Christ ist erstanden, aber der Zweifel ist wiedererstanden, noch einmal hergeschlichen, Schatten meiner selbst. Licht meiner selbst ... Mein letzter Grüninger Spaziergang gilt den Vollendeten.

Die Furcht, mit seinem verschwiegenen Grabbesuch jemand zu kränken, schwoll zum Gewissensgemenge, wie unauflöslich Richtiges Tun und Schädliches Tun verquickt seien, allerlei Gleichungen aus der Mathematik der Schuld, bis er gar Vaters Stimme aus der Betkammer laut von Erbsünde rufen hörte, er schlug sich auf die Ohren. Im Kopf wurde es dumpf, dann stumm. Die Veilchen, verschwunden. Wo er hinschaute, verwehtes fauliges Winterlaub, an Erdbatzen klebend.

Genug. Die Ankunft des Friedrich von Hardenberg am geweihten Ort beginnt mit Innehalten, Fußsohlen am Boden, Schuh bei Schuh, ohne die Spitzen auswärts zu drehen. Strecken des

Rückens, Kopfheben, langsam, vom Nacken her. Blick geradeaus, in der Hoffnung, wo es eben karfunkelt hatte, möchte es fortblühen. Keine durch Seelenwirrwarr gestörte Natur. Kein Halleluja. Zwei, drei Sprünge, eher ein Schweben, Hardenberg fiel nieder vor Sophies Grab. Die Wange rieb Sand und Efeu, die Arme umfaßten das Hügelchen bis vor die Stelle, wo das Namenskreuz herausstand, leicht schräg, zur Mauer geneigt.

So wie das Kind, das krank auf getürmten Kissen halb saß, halb lag.

Einmal, als ich mich niederließ, nur auf ein Knie, vor ihr Lager, schalt sie und hieß mich aufstehn. Sie wollte mich kerzengerade.

Der Tod stimmt dich milder, Sophie.

Etwas hinderte noch den Strom. Seltsam, die eine Hand war zur Faust geballt, die andere offen. Hardenberg lachte, hob dabei die Stirn und senkte sie wieder, daß ihm Erde in den Mund kam.

Mit meiner Faust hab ich mein Ohr malträtiert!

Er öffnete sie, auf der Handfläche lag die verwelkte Rose. Hardenberg legte die Rose so hin, daß der Blütenkopf zum Kreuz zeigte. Gleich darauf nahm er sie wieder fort und steckte sie neben das Grab, in die geharkte Mulde zwischen Sophie und Machère.

Der Stein: zu Staub zerfallen,
Das Kreuz: gebrochne Strahlen,
Ein Rest von Wundenmalen
Fest aufgedrückt uns allen.
Das Grab: die Kummerkrippe,
Aus der Gott aufgefahren,
Wo Blut und Lippen waren,
Ein zierliches Gerippe.
Auch ich: fühl mich entweichen,
Wohn bei den Todgeweihten.
Was blieb aus meinen Zeiten
Ein fein geschriebnes Zeichen –

Hardenberg wollte so weitersingen, aber ein Anflug von Schicklichkeit hieß ihn sich aufraffen und die Stätte verlassen. Doch hielt ihn wiederum die Sorge am Platz, er habe der Danscour noch nicht die Ehre erwiesen. Also erhob er sich, trat einen Schritt zur Seite, und als er sich ratlos vor ihrem Hügel verneigte, versucht, die Augen hin und her zu bewegen, um die verstreut bis an die Mauer heran samten leuchtenden Blüten zu zählen, löst eine, dicht unter ihm, sich ab, wird blaß, läuft aus zu Machères Gesicht, erst gütig schmunzelnd, dann listig und schon wieder verwandelt, daß die Züge der Tennstedtischen Kreisamtmännin daraus hervortreten, die wollten nun gar nicht aus der Luft verschwinden.

Frau Rahel, die Justin. Von allen Weibern denkt sie wohl eben am innigsten an mich – will sagen, von allen leibhaftigen. Faltet das Tischtuch (nachdem das Mädchen es abgekehrt), wo von ihrem Hardenberg, der beim Essen wieder kräftig schwadroniert hat, der Abdruck der Handgelenke noch bis in die flanellene Unterlage als zwei Kuhlen übriggeblieben. Die glättet sie jetzt. Lebewohl meiner Spur. Nein, Mittagsruhe vorüber. Das Justische Paar schon beim Tee. Mein leerer Stuhl näher zur Tischkante gerückt …

Lebewohl, auf Erden, nicht in der Schrift. Spritzt mir eure Tinte in die Augen, Abc-Schützen, die ihr mit dem niederen Hardenberg anfangen dürft, Wetters löchriges Pergament zu bekritzeln. Zum höheren – später. Gedanken streicht. Gänge, Tänze laßt stehn. Wie ich auf dem linken Hacken herumgedreht bin und erst wie gegen Wind, dann vogelleicht an der kleinen Tanne vorbei auf die Kirchentür zuschwirre – habt ihrs. Oben am Turm zwei S-Zeichen, Mauerklammern, schief und krumm, als ob ihr geübt hättet. Darüber, im Grauen, fliegt Streusand herum oder wuselt ein Heimkehrerschwarm, Finkenweibchen vielleicht, warum, weil die mir gleich einfallen müssen. Seht, wie ich selber, den Kopf wieder hängengelassen, ein S in den Sand ziehe, rechts zum Gatter hinaus.

Warum der Köter so bellt.

Unsere Erde ist ein Schwereleiter.

Und der Geist? Mein Geist – oder *nur Ein Geist? Eine Assoziation hat ihm das Dasein gegeben. Der Tod versetzt ihn in der großen Assoziation anderswohin –*

Ich schließe das Gatter. Ob ich es schließe. Ob ich es bin, der es schließt. *Jede Zeit hat ihren Körper* (Montag nach Ostern).

Nach einer jüdischen Überlieferung sei die Erde am 25. März erschaffen worden ...

Warum der Köter so bellt: weil er keine Gesellschaft hat. Warte nur, Hund.

Links aus dem Gebüsch kommt die Katze gelaufen, die grauen Streifen wegfarben, verschwindet durch den Lattenzaun im Gehöft. Ihr nach ein prächtiger rotblonder Kater, der seinen Kopf mit Mühe durch die Stangen bringt.

Der Augenblick zwischen dem Verstummen des Kläffens des Köters und dem Aufhören seines Echos im Dorfe ist der Moment der Vereinigung. Wann wir erst mitlieben dürfen – *Einst ist alles Leib, Ein Leib* –

NOVALIS AN SEINEN VATER IN TEPLITZ

Weißenfels: den 16ten Juli (1799)

Du verlangst, bestes Väterchen, in Deinem Briefe mein Curriculum Vitae academicae – dies ist kurz dieses:

Mich. 90 gieng ich nach Jena.
Mich. 91, nach Leipzig.
Ostern 93, nach Wittenberg.
Am 14ten Junius 1794 ward ich daselbst examinirt.
Im Herbst 1794. kam ich nach Tennstedt.
Anfangs 1796 ward ich bey den Salinen verpflichtet.
Im December 1797 gieng ich nach Freyberg.
Pfingsten 99 kam ich nach Weißenfels zurück.

... Von Salinenaffairen schreib' ich Dir nicht eher, bis ich mit meinen Touren zu Rande bin und Artern besucht habe ...

NOVALIS AN LUDWIG TIECK IN GIEBICHENSTEIN BEI HALLE

Weißenfels: den 6ten August (1799)

So gern ich Dich, liebster Tieck, noch einmal besucht hätte, so wird mir doch dieser Wunsch durch eine plötzliche Reise unmöglich gemacht … Auf Michailis hoff ich Dich hier zu umarmen … Deine Bekanntschaft hebt ein neues Buch in meinem Leben an – An Dir hab' ich so manches vereinigt gefunden – was ich bisher nur vereinzelt unter meinen Bekannten fand – Wie meine Julie mir von allen das Beste zu besitzen scheint, so scheinst auch Du mir jeden in der Blüthe zu berühren und verwandt zu seyn … Noch hat mich keiner so leise und doch so überall angeregt wie Du. Jedes Wort von Dir versteh ich ganz. Nirgend stoß ich auch nur von weiten an. Nichts Menschliches ist Dir fremd – Du nimmst an allem Theil – und breitest Dich leicht wie ein Duft, gleich über alle Gegenstände und hängst am liebsten Dich an Blumen …

FRIEDRICH SCHLEGEL AN FRIEDRICH SCHLEIERMACHER IN BERLIN

(Jena, 15. November 1799)

... Hier gehts ziemlich bunt und störend durcheinander ... Du kannst es leicht denken, was zwey solche Feuer und Wasser sprudelnde Menschen wie Hardenberg und Tieck für ein Wesen zusammen treiben. Auf den ersten hast Du (nämlich das Du der Reden) eine ungeheure Wirkung gemacht. Er hat uns einen Aufsatz über Christenthum vorgelesen ...
Auch christliche Lieder hat er uns gelesen, die sind nun das göttlichste, was er je gemacht. Die Poesie darin hat mit nichts Ähnlichkeit als mit den innigsten und tiefsten unter Goethens früheren kleinen Gedichten ... Die Ironie dazu ist, daß Tieck, der kein solch Lied herausbringt, wenn er auch Millionen innerliche Burzelbäume schlägt, nun auch solche Lieder machen wollen soll ... Da die Menschen es so grimmig trieben mit ihrem Wesen, so hat Schelling dadurch einen neuen Anfall von seinem alten Enthusiasmus für die Irreligion bekommen, worin ich ihn denn aus allen Kräften bestätigte. Drob hat er ein Epikurisch Glaubensbekenntnis in Hans Sachs Goethes Manier entworfen ...

II
ARTERN

7. Dezember 1799

Eine geräumige, karg möblierte Wohnstube. An zwei Wänden Bücherregale, auf den obersten Brettern jeweils einige Gipsköpfe mit Holzfuß. Ein niedriger Tisch, mehrere Sessel. Draußen Abend. Wandleuchter brennen. Im offenen Kamin ein Holzstoß.
Der Bursche des Hausherrn tritt ein, stellt einen gefüllten Siphon und Bierkrüge auf den Tisch. Er entzündet das Kaminfeuer, hilft mit dem Blasebalg nach, legt Kohlen obenauf. Er überprüft die Rauchutensilien, die auf einem Dreifuß neben dem größeren Sessel liegen: Stummelpfeifen, Pfeifenreiniger, Tabakdose. Nach erneuter Kontrolle des Feuers verläßt er die Stube.
Die Turmuhr von St. Veit schlägt acht. Von der Diele her Männerstimmen.

Rittmeister von Funk erscheint in der Tür.

FUNK

Bitte einzutreten, die Herren.
Hinter ihm Rittmeister Thielmann.
Adolf, du kennst dich aus.
Er betritt die Stube. Hinter Thielmann der Salinenakzessist von Hardenberg.
Auch der Baron kennt sich aus, zwar eher in Kopfhöhe, bei den Bücherbeständen.
Er geht bis zum Tisch. Thielmann schiebt Hardenberg vor sich her zur Tür herein.

THIELMANN

Erst du, dann ich, Friedrich. Bin hier fast noch daheim. Wirt der Reserve.

HARDENBERG

Darf ich dem ersten für die Einladung danken. Danach dem zweiten, daß er mich über die Schwelle hob. Nicht nur diese Schwelle!

FUNK

Bon. Bitte die Freunde, Platz zu nehmen, doch zuvor etwaiger Verwunderung, Getränk und Trinkgefäße betreffend, freien Lauf zu lassen. Gegebenenfalls zu protestieren.

THIELMANN

Aber nicht doch.

FUNK

Wein wäre vorhanden. Er schien mir ein wenig firn. Darum Bier, wenn's genehm ist.

HARDENBERG

Wir wissen Gutes aus jeder Quelle zu schätzen.

FUNK

Eben. Die Quelle ist gut. Der Hausbesitzer solide, das Haus mit einem luftigen Keller, wo das Malz sich nicht muffig lagert. O Artern! Bis der Magistrat seine oft beschworene Darre baut, mag noch manchem Schlucker, von einer herausgestreckten Bierrute zum Trunk verlockt, drinnen speiübel werden. Sei's drum. Probieren wir.

Man setzt sich. Funk schenkt ein.

Prosit! Auf die Salinenstadt!

HARDENBERG

Auf die Garnisonstadt!

THIELMANN

Auf Schnakenartern!

FUNK

Es ist Dezember, Bester.

Sie trinken.

HARDENBERG

Dezember – aber kein Winter. Wie ich heute in der Mittagsstunde, vom Kunstturm kommend, den Salzdamm hinunterlaufe, ein lichtgrauer gänzlich glatter Himmel. Leise schiebender Wind. Keine Himmelsrichtung irgend zu erkennen – wüßte ich nicht, wo ich bin, und schuckerten nicht die Wellen des Mühlgrabens neben mir her, zur Zeit ein betuliches Wässerchen, etwas geschwinder zwar als das Entenquartett: ein Paar und zwei Nebenbuhler, die sich kommod befördern lassen. Und die ich im Anmarsch auf das Salinentor dann doch überholt habe.

THIELMANN

Fluß- und Grabenufer noch grün. Allenfalls mit gelben Weidenblättchen übersät, deren jedem ein Samendoppel, in Gestalt eines winzigen Katapults, aus der Rippe steht.

FUNK

Respekt, Adolf. Was der Husar hoch zu Roß alles wahrnimmt!

Er gießt nach.

Soviel zur Natur. Wie geht es den geschätzten Familien.

HARDENBERG

Sie beschämen mich, lieber Funk. Es wäre an mir gewesen, als erstes nach dem Befinden der Gattin und des Söhnchens zu fragen.

FUNK

Ich bitte Sie, Baron. Rosalie käme übrigens gern herunter, wenn Gotthold nicht das Schniefen angefangen hätte – ein harmloser Jungenrotz, mit Verlaub. Und bei euch, Adolf?

THIELMANN

Nichts Neues, Ferdinand. Fränzchen ist wohl, woraus folgt, daß Wilhelmine es auch ist. Was Franzens Pate Friedrich von Hardenberg, uns zur Seite, bestätigen mag. Fränzchen zahnt, woraus folgt, daß Wilhelmine zu wenig Schlaf hat. Was der Pate nicht weiß, da er uns nicht die Ehre gab, über Nacht zu bleiben. Nicht wahr, Schwippschwager in spe?

HARDENBERG

Einst kommt die Zeit, da ich alle Freunde besucht, Pflichten erfüllt, Briefschulden beglichen und Liebe verdient haben werde!

FUNK

Im Moment steht nichts an, bester Freund, als Ihr eigner Bericht.

HARDENBERG

Wer noch keine Familie hat – der hat zwei. Sei die ältere vorgezogen. Dieweil meinem Vater, Direktor der Arterner, Kösener, Dürrenberger Saline, aus dem Munde des Sohnes und Assistenten Erstnennung gebührt. Fakt ist, der Herr Papa ist gesund. Die Mutter desgleichen – mit fünfzig gerade zehnmal so alt wir ihr Jüngster. Will dennoch die Geschwisterriege von eins aufrufen. Nicht der Algebra wegen. Vielmehr, weil Caroline die Große soeben das Haus verließ! Fort, mit dem Gemahl in die Lausitz! So daß bei der Hochzeit noch Tränen flossen ... Nummer zwei, hier am Tisch. Nummer drei, Erasmus selig, im Paradies. Nummer vier, Leutnant Karl, hält Stellung in Lützen. Wo nimmt einer, der die Liebe noch sucht, soviel Liebe her? Zu fünf – kein Kommentar. Wozu von Sidonie reden, wenn sie, was immer zu sagen ist, und noch mehr, ihrer Brief- und Busenfreundin Wilhelmine meldet, somit die heißesten Hardenbergiana an der Unstrut bekannt sind! Ad sechs, Anton. Weiland von Weißenfels nach Weißensee, allzu früh, deucht mich. Kindersoldat. Jetzt Leibgrenadier in Dresden ... Sieben bis elf, der Kürze halber, im Überblick: Auguste brav. Bernhard, der Musterknabe. Hans manchmal ein Schaf. Mimi im Puppenröckchen. Christoph, das Böckchen. Falls ich niemand vergessen habe.

FUNK

À la bonne heure! Trinken wir auf die Kinder!

THIELMANN
Auf Gotthold!

HARDENBERG
Auf Fränzchen!

FUNK
Auf – die Zukunft!
Sie trinken.
Selbige ist Ihnen nicht erlassen, Hardenberg. Bitte fortzufahren!

HARDENBERG
Nur wenn Adolf mir beispringt.

THIELMANN
Zähle auf mich.

HARDENBERG
Gott sei Dank – nichts Übles erfuhr ich vom Freiberger Hause.

THIELMANN
Gehn die Dinge so hin, mangelt dem Boten der Stoff.

HARDENBERG
Charpentier getreulich am Werk, die Mutter am Werkeln.

THIELMANN
Wo die Ruhe regiert, findet Bewegung ihr Nest.

HARDENBERG
Julchen vergnügt. Zu Weihnachten lieg ich ihr wieder am Busen.

THIELMANN
Spielt Carolinchen Klavier, schnäbelt sich's doppelt so traut.

HARDENBERG

Hans, der Fahnenjunker – Hofpredigerin Ernestine –

THIELMANN

Thielmännin Wilhelmin ... Letztere hatten wir schon.

FUNK

Ehe ihr euch mit Versen noch überschlagt, sei den Damen gehuldigt!

HARDENBERG

Auf Madame Rosalie!

FUNK

Auf Mademoiselle Julie!

HARDENBERG

Auf die Deine, Adolf!

Sie trinken.

FUNK

So, die Herren. Nachdem die Kehlen erst einmal befeuchtet sind, mag sie der Rauch bestreichen.

Er nimmt das Tablett mit dem Rauchzeug vom Dreifuß und stellt es zwischen Thielmann und sich auf den Tisch.

Hardenberg wird uns nicht folgen, denke ich.

HARDENBERG

Ganz recht. Ziehe den Duft lieber von fern mit der Nase ein.

Funk und Thielmann haben jeder eine Stummelpfeife gegriffen. Sie prüfen, ob der Pfeifenhals frei ist und fingern Tabak aus der Dose in den Pfeifenkopf.

Denkt nicht, daß ich vergessen hätte, wie's geht.

Die beiden setzen mit Hilfe von Wachslicht und Fidibus den Tabak in Brand. Dabei paffen sie heftig und pressen mit dem Pfeifenstop-

fer die schon qualmenden Tabakkrümel nach unten, bis der Kopf gleichmäßig schmaucht.

Wenn ich so die Qualmfäden aufsteigen sehe, glaub ich, ich bin im Puppenspiel. Es gibt ein Räuberspektakel. Eure Pfeifen mutieren vor meinen Augen zu Hütten, aus deren Dächern Rauch und Flammen schlagen.

FUNK

Sie haben – noch keinen Stadtbrand erlebt, guter Freund – Gott erspare es Ihnen – Wir beide haben. Da steigen keine Qualmfäden auf – Da schießen schwarze Schwaden und rote Lohen gen Himmel – Die Häuser schnurren zusammen wie dieser Fidibus.

THIELMANN

Kölleda fünfundneunzig.

FUNK

Auch gut. Wir säßen sonst heute nicht hier. Was von Roß und Reitern übrigblieb, zog bald aus.

THIELMANN

Kölleda, ein biederer Winkel. Dagegen ist Artern ein *Weltbad.*

FUNK

So redest du, seitdem man deine Schwadron nach Wiehe verlegt hat.

THIELMANN

Ach ja.

FUNK

Da scheinen noch die Kuhköllner Leute von Welt!

THIELMANN

Laß doch. Keine zwei Meilen flußabwärts – die reit ich gern, hin wie her. Sogar nächtens. Wie meine Anhänglichkeit beweist.

HARDENBERG

Artern – ein Stern dritter Ordnung. Aber am Firmament der Garnisonstädte durchaus von eigenem Glanze. Als die Länder darniederlagen, nach dem Dreißigjährigen Krieg, dem keine Ruhe folgte, vielmehr in unserem Jahrhundert ein Siebenjähriger nachfegen sollte und auch in hiesiger Gegend das notdürftig Aufgebaute wieder am Boden zerrieb, war Artern ein elender Flecken, ein Häuflein Seelen, das sich winters an ein paar Weidenscheiten, wo nicht an sich selber wärmte. Da kam das Heer, vorerst zu Fuß, mit schmalem Gepäck, zu friedlichem Gedeihen gerade recht. Prinz Clemens' Infanterie: eine zivile Last. Das schmückte und nährte sich, gab Lohn und Brot. Und siehe, die Evolution schritt fort, nahm Pferde hinzu. Zweiundachtzig, leichte Reiterei macht Wind in den Gassen. Aber das wechselt noch einmal, aus erwähntem traurigem Anlaß. Statt des blauen Dragonerrocks gleißt der weiße Dolman der Husaren vor tristem Gelände, wippt der Federstutz auf schwarzem Kalpak ...

THIELMANN

Hört, hört! Wie der Salinist den Soldaten die Stiefel küßt!

HARDENBERG

Stern dritter Ordnung – dabei von Trabanten umgeben. Wiehe, Roßleben, Heldrungen, Kindelbrück, Gebesee – und wieder das arme Kölleda: jedem seine Schwadron. Der Stab allhier.

FUNK

Darf ich das Bild insoweit präzisieren, als Artern selbst einen Wandelstern darstellt. Die Sonne heißt Dresden.

HARDENBERG

D'accord. Wir auf einer der äußersten Umlaufbahnen um den sächsischen Kurhut.

FUNK

So paßt es. Prosit – Auf das Zentralgestirn!

THIELMANN

Auf den Wandelstern!

HARDENBERG

Auf den Wandel!

Sie trinken.

FUNK

Sie schmeicheln uns, Hardenberg. Sie lieben das Militär?

HARDENBERG

Solang der Säbel in der Scheide steckt.

FUNK

Das heißt: Wenn es nutzlos ist. Als Staffage der Landschaft –

THIELMANN

Mir kommen zwei andere Fragen. Eine persönliche: Woher deine jugendliche Begeisterung?

HARDENBERG

Aus meiner Jugendzeit, Adolf. Mit zwanzig wollte ich zur Kavallerie. Grund war eine Liebe. Die ich heute Liebschaft nennen würde. Mein Wunsch scheiterte – an der Hardenbergschen Vermögenslage.

THIELMANN

Nun, reiten kannst du! Den Degen, den du nicht trägst, in der Scheide. Frage zwei mag rhetorisch klingen: Um welche Sonne kreist Dresden?

HARDENBERG

Jetzt? Oder einst?

FUNK

Keine Männerversammlung, die nicht nach spätestens einer Viertelstunde bei der Politik herauskommen würde.

THIELMANN

Oder der Philosophie. Existiert in der Welt ein System, das nicht selber Teil eines anderen wäre? Welt einer anderen Welt? Gibt es das absolut fixe Zentralgestirn? Oder ein Netz von Bewegungen, die ineinandergreifen?

FUNK

Du machst eine hübsche Figur über deinen Zweifel an der Monarchie.

THIELMANN

Unsinn. Muß ich Goethe herbeizitieren, oder spreche ich von Dingen, die auch seinen Urgroßvater, den Arterner Hufschmied Göthe, schon umgetrieben haben. Das Uhrwerk des gewöhnlichen Lebens.

HARDENBERG

Der Philosoph ist immer auch ein Prophet des Politischen, insofern er reale Verhältnisse darlegt, der Möglichkeit, also der Zukunft nach.

FUNK

Bravo. Wir sind im Allgemeinen zurück. Wo die Räson zu Hause ist.
Er hebt seinen Krug. Sie trinken.

HARDENBERG

Ich mag nicht weiterdebattieren, ehe ich weiß, ob ich unseren Wirt beleidigt habe. Verehrter Funk! Sie sind mir nicht nur Rittmeister, Krieger im Wartestand, sondern Schriftsteller, Inspirator – Vorreiter der Humanität!

FUNK

Wenn Sie mich so sehen, lieber Freund, dann wissen Sie, daß ich nicht leicht zum Gekränktsein, sondern zum eigenen Nachdenken neige.

THIELMANN

Gekränkt bin ich! Weil du mir den Gedanken abschneidest, Ferdinand.

FUNK

Ich staune. Hast du eben nicht den ersten Hieb gesetzt? Kennt unsereins einen Thielmann doch mehr als spielerischen denn als störrischen Charakter!

THIELMANN

Wenn einmal der Poet neben mir sitzt –

HARDENBERG

Eben war ich noch Salinist.

FUNK

Sie sind beides, Baron. Lassen wir den Vortritt letzterem. Einen Rapport darf ich nicht fordern – aber vielleicht einen Exkurs in Arterns Sole? Damit wir auch Ihnen schöntun können.

HARDENBERG

Und Adolf?

THIELMANN

Sieht zu, wann er sein Spiel fortsetzt.

Die beiden Raucher machen sich erneut an ihren Pfeifen zu schaffen.

HARDENBERG

Was soll ich erzählen, das Sie nicht wüßten. Dame Saline, siebzigjährig – da mit einem Menschenleben nicht zu vergleichen, ein junges Weib. Lassen wir ihre Ahne beiseite, welche bereits die dreihundert überschritten hätte, wäre sie nicht bei erwähnten Drangsalen zu Tode gekommen. Doch Salz ist ein zäher Samen. Ein junges Weib, sag ich, eher ein halbwüchsiges Mädchen, mit allen Reizen und Launen der Pubertät. Saline muß an der Quelle liegen, dort, wo die Sole aus dem Boden austritt. Nichts da. Koktur braucht Feuer, Feuer braucht Holz, Holz fehlt, muß angeflößt werden. Also muß Salinchen an der Unstrut liegen. Wie beides. Die Sache verlangt einen Arzt – namens Bergrat Borlach, Baumausreißer Borlach, jener, der den Grundbesitzern am heutigen Salzdamm die Gärten planierte, weil er Platz braucht. Sofort. Wozu. Um die Quelle zur Unstrut zu bringen, mittels Röhren aus Eichenholz. Das hält, bis unsere Jungfer selbst eine Ahne ist. Eine Röhre ist gut, ein Paar ist besser. Wer aber fragt: Wie geht das – Holzröhren über Tausende sächsische Ellen – wie wird verfugt, vernagelt, daß die Sole nicht den Salzdamm versalzt, sondern die Siedehäuser erreicht – dem flüstert Geburtshelfer Borlach: Steck Flaschen zusammen, in Fließrichtung. Eichene Flaschen – ein Eil- und Großauftrag für die Drechsler der Gegend! Eine schwere Geburt. Das Kind, die Sole, mit dem Skalpell, sprich Spaten, geholt, sprich, wieder vergraben. Daß auch Fuhrwerke drüber rollen können –

THIELMANN

Heidewitzka!

HARDENBERG

trinkt einen Schluck

Wo stand ich – bei den Fuhrwerken. Saline liegt also am Flusse, Sole fließt, dank Borlachscher Röhrenfahrt. Brennholz, nach wie vor knapp. Weshalb wir unter jeder Kuppe und Krume sächsisch Thüringens Braunkohle suchen. Auch finden. Fünf Kohlefuhren täglich rappeln durchs Städtchen, zum Beispiel von Voigtstedt her, wo der Eigner der Fundstätte, Herr von Laue, auch nicht weniger findig ist. Er fordert mehr Geld, als die Saline bezahlen kann. Weshalb der Salinist notwendigerweise Oryktognost, zuförderst aber Jurist zu sein hat –

FUNK

Eine Trinität, die Sie wahrlich verkörpern.

HARDENBERG

Der Berg bricht auf, das Bergrecht hinkt hinterher – Nächster Arzt, wenn's beliebt. Sein Name Senf, Inspektor, bald Bergrat. Sein Plan: Mögen die Bäume stehen-, die Bauern auf ihrer Kohle sitzenbleiben. Die Sonne soll heizen, und zwar gratis! Der Himmel gradiert – und trocknet neben der Sole die je vergossenen Tränen der Salinisten! Jedoch, mein Herr Vater zweifelt. Und ich, halb Sohn, halb Kind der Neugier, drücke ein Auge zu und reiße das andere weit auf, wenn ich zwischen den Senfschen Salzkästen umhersteige – einigen hundert in der großen Biege des Flusses – vermutlich schreitet die Zeit vollends darüber hinweg. Zu grob, zu grau, der Handel dankt. Schuld trägt nicht der Himmel, eher die Erde, respektive, Arterns Lage auf dem Globus. Was in unseren Breiten von oben kommt, ist mehr Wasser als Wärme –

FUNK

Lassen wir uns dieses wenigstens schmecken!

Er hebt den Krug, sie trinken.

THIELMANN

Arterns Lage am Steiß der Welt.

FUNK

Lage am Wasser.

HARDENBERG

Wenn nicht unterm Wasserspiegel, vinetamäßig.

Die Stubentür öffnet sich halb, der Bursche schaut herein, einen Siphon unterm Arm. Auf Funks Wink stellt er ihn auf den Tisch, nimmt den beinahe geleerten fort, setzt ihn an der Türschwelle noch einmal ab und sieht nach dem Kaminfeuer. Er zieht den

Feuerhaken durch die Glut, legt ein paar Scheite und Kohlen nach und verschwindet wieder.

FUNK

schenkt nach

Just der rechte Moment – da wir ins Hydrologische fallen.

THIELMANN

Was von unten kommt, ist auch Wasser.

HARDENBERG

Solquelle, Mühlgraben, Muhme Unstrut selbst –

THIELMANN

Die drei laß beiseite. Sie bleiben gewöhnlich in ihren Betten.

FUNK

Eine Gedächtnisstörung!

HARDENBERG

Ertappt, Adolf. Du willst das brave Artern, seit es dich entbehrt, zum Sumpf erklären.

THIELMANN

Erklären? Bist du noch von keinem Schwarm Schnaken punziert, von keinem Kuhschwanz gepatscht worden, wenn das Rindvieh versucht, sich der Quälgeister zu erwehren?

HARDENBERG

Mücken gibt's auch in Weißenfels. Mit Kühen bin ich zugegeben seltener à cœur, selbst wenn sie sich vor dem Austreiben droben auf dem Marktplatz versammeln.

THIELMANN

Dann führ ich einen Zeugen ins Feld, der dir besser behagt: Sankt Veit, den Heiligen gegen das Sumpffieber. Wohlweislich wurde

Arterns Dorfkirche ihm und keinem anderen geweiht, im weiland dreizehnten Jahrhundert.

FUNK
Sankt Veit kann Sankt Marien nicht das Wasser reichen.

HARDENBERG
Wie auch. Sankt Veit beherbergt derzeit Pferdefutter – und Leichen.

FUNK
Und seit drei Jahren eine Turmuhr.

HARDENBERG
Die uns die Stunde schlägt.

FUNK
Eine *wüste Begräbniskirche*, laut Auslassung eines Reisenden –

THIELMANN
Prosit! Der Grund ist naß, der Schlund ist trocken!

FUNK
Ja, meine Herren!
Sie trinken.

THIELMANN
Sprengst du die Totengasse herauf, müffelt unser Dorfteich so zart, im Volksmund *Pfütze* geheißen – keine Pferdesaufe beileibe. Verläßt du den Ort durchs Wassertor, dünstet ein Jaucheloch dir sein ersterbendes Verfülle mich! um die Nase.

FUNK
Auf Stände und Mißstände!

HARDENBERG

Auf Geziefer und Ungeziefer!

THIELMANN

Auf das Bleiberecht der Wanderratte! Auf die Fertilität der Küchenschabe!

Jeder, der einen Trinkspruch ausbringt, trinkt danach einen Schluck.

FUNK

Wolltest du uns nicht das *Weltbad* malen, Kamerad?

THIELMANN

Es war einmal ein Molchsbrunnen
mit Molchen,
Ein Herr von Meußebach, Inhaber
eines solchen,
Der dachte: Erscheint erst ein Badegast,
werden Hunderte folchen.
Wenn Tausende meinen Molchsbrunnen trinken,
Mag's getrost aus den *Kuhlöchern* stinken.
Wenn Mückenschwärme die Planschenden plagen,
Muß man sie erschlagen.

FUNK

Was wäre Artern ohne Projekte? Es verreckte –

HARDENBERG

Womöglich möchte der Ort weniger balneologisch reüssieren, als biologisch.

FUNK

Sie meinen, Baron?

HARDENBERG

Genauer: botanisch. Arterns Niederungen bergen Salzpflanzen, die anderswo nur an Meeresküsten gedeihen.

FUNK

O freilich! Zwar von recht kümmerlicher Erscheinung.

HARDENBERG

Den Forscher reizt nicht Schönheit, sondern Einzigartigkeit. Eine Lust, die der Passion des Dichters, aus jedem Staubkorn ein Wunder zu ziehen, gar nicht bedarf.

FUNK

Den Dichter sparen wir uns auf, Freund.

THIELMANN

Noch sind wir beim Flusse – nicht beim dichterischen. Du stellst dir also eine Akademie vor – nicht Berg-, sondern Talakademie – wo Trupps Studiosi gestikulierend, hin und wieder sich bückend, die Trefflichkeit von Ufermelde, Meerstrandgänsefüßchen, Krautigem Glasschmalz preisen, womöglich dich als Alten Weisen inmitten, Plato läßt grüßen, der die Vielfalt der Phänomene flurübergreifend zusammenflicht – Nein, ich spotte nicht, Fritz! Ich zweifle nur, ob deine Beifußiade dem Gemeindesäckel aufhelfen würde.

HARDENBERG

Hilft ein *Weltbad* ihm auf? Mästet es nicht allenfalls die Geldkatze des Latifundienbesitzers? Aber ehrlich, Adolf, an dir ist ein Arlecchino verlorengegangen. Wäre das ein Beruf von Stand, ich täte die Commedia dell' Artern projektieren, zu welcher das Volk von weither pilgern sollte!

FUNK

Vorwärts immer, rückwärts nimmer!

Sie trinken.

Spaß beiseite. Wir reden um den heißen Brei. Zugegeben, ich habe nicht nachgeschaut, ob eure Salzpflänzchen jüngst dürftiger ausfielen als sonst. Alldieweil uns das Süßwasser bis zum Hals stand, bei der Februarflut. Wohl der schlimmsten des Säkulums.

Die Unstrut eine Furie, die Dämme einreißt, Scheunen zertrümmert, das Vieh mit Mühe entkommen läßt. Eine zornige Gottheit, gepeinigt von einem Winter, der, anders als diesmal, schon zu Martini beginnt, erfroren unter einer mehr als ellendicken Eisdecke, aber dann, als es zu tauen anfängt, alle Qual in Gestalt einer Kanonade von Eis- und Wellengang gegen das Land abdrückt – das schlottert doch selber.

HARDENBERG

Dennoch ist Artern mehr mit Schrecken als mit Schaden davongekommen. Auch die Saline. Die Chevaulegers –

FUNK

Gott sei Dank! Zweieinhalbhundert Rösser zu schützen, braucht in der Tat höheren Beistand.

THIELMANN

Du sagst: gepeinigt vom Winter, Ferdinand. Gepeinigt vom Menschen, sagst du nicht. Was hältst du davon, daß dem Fluß durch die Schiffbarmachung soviel Gewalt geschah, daß er die Anlieger auf lange Zeit mit drakonischen Strafen heimsuchen werde?

FUNK

Alles und nichts, Adolf. Ein Verhängnis ist immer ein Ganzes. Wer will aufrechnen, wie weit Natur und Kultur sich in die Ursachen teilen.

THIELMANN

Funk Fatalist? Wie, wenn ich die Fakten nachtrage – quasi ein Bündel Lokalnachrichten dem einstmaligen Aktuarius Friedrich von Hardenberg auf seine Tennstedter Amtsstube.

HARDENBERG

Laß sehen. Vergiß nicht, daß selbiger Fluß auch nahe den Tennstedter Tintenfässern vorüberfließt.

THIELMANN

An seinem Oberlauf kannst du ihn allenfalls mit Papierschiffchen bestücken. Zur Sache. Unstrut – seit vier Jahren schiffbar, von Bretleben, Artern, wo ihre nördlichste Krümme liegt, hinunter bis zur Mündung in die Saale. Beziehungsweise hinauf. Was die Crux ausmacht. Das letzte Stück muß getreidelt werden. Schiffszieher laufen auf den Dämmen entlang, die wiederum nicht erst hierbei ramponiert werden, sondern bereits durch das Wegschlagen der Weiden, wozu, eben damit die Schiffszieher laufen können! Ich hoffe, daß ich dir nicht bloß Schmonzes erzähle.

HARDENBERG

Bewahre!

THIELMANN

Gehen Dämme auf, gut, macht sich's der Strom bequem. Doch wehe, wenn du ihm Schleusen anpaßt, ein Dutzend an der Zahl, ihn würgst, stauchst, aus seiner eingelegenen Kuhle in steinerne Kästen zwängst.

HARDENBERG

Ich tu's nicht und hab's nicht getan, frage aber, ob Natur und Kultur nicht gelegentlich Bündnisse schließen, zum Nutzen aller.

THIELMANN

Ich las einmal abends im Bette und schlief drüber ein. Morgens fand ich die Kerze heruntergebrannt und das Buch unterm Rücken. Der tat mir dann den ganzen Tag weh. Ähnlich muß unsere Unstrut sich fühlen, und das an zwölf Stellen, die Arme.

FUNK

Mitgefühl ist eine christliche Tugend. Man kann sie wohl auch heidenmäßig übertreiben.

HARDENBERG

Es geht im Grunde um Ehrfurcht. Mitgefühl macht sie wahrhaftig. Es gibt eine Freundschaft mit der Natur, zu der zuerst und zuletzt die Dankbarkeit gehört. Dann möchte Technik durchaus in der Mitte stehen.

FUNK

Edel postuliert, Freund. Mit geht Banaleres im Kopf herum. Die Dankbarkeit der Diebe etwa, die jahraus jahrein von den Bauplätzen Material und Werkzeug stibitzten. Die Nächte luden geradezu ein, sich in offener Landschaft und zum Murmeln des Flusses für den eigenen Hausgebrauch zu bedienen.

THIELMANN

Stelle fest, daß dein Einfühlungsvermögen dem meinen kaum nachsteht.

HARDENBERG

Ihr hättet, nebenbei, hören sollen, was Goethe neulich – Poet beiseite, ich meine den Geheimen Rat – über seinen Tort mit der Saale kundtat. Die begradigen sie sogar, schneiden ihr die Schleifen ab! Kein Wunder, wie sie sich rächt. Da ist der Rat sich selber teuer, löst indes die Jenenser Malheurs mit Delikatesse.

THIELMANN

Er hätte ruhig mit herkommen sollen, war doch sein Herzog Carl August von der Partie, als endlich – Fahnen, Fanfaren – Kurfürst Friedrich August hier eintraf, um der Vollendung des Werkes den landesherrlichen Segen zu spenden. Juli siebzehnhundertfünfundneunzig. Kölleda stand noch.

HARDENBERG

Über den hohen Besuch mußt du mir nichts erzählen. Durchlaucht mit Gefolge kamen über Weißenfels. Pas de chance pour mon Papa de s'échapper.

FUNK
Zumal hernach in Artern einzig die Saline von Interesse schien.

HARDENBERG
Ihr wart noch nicht da, werte Ritter!

THIELMANN
Wann wird Artern abbrennen –

FUNK
Nie bei Hochwasser! Hoch die Becher! Ein Hoch auf die sächsische Herrschaft!

THIELMANN
Auf den Weimarer Hof!

HARDENBERG
Auf das preußische Paar!
Sie trinken.

THIELMANN
Pas de chance – für unsere Pfeifen, sich bei dem Wasser- und Redeschwall brennend zu halten.
Er legt seine beiseite.
So nimmt zumindest im Puppenspiel die Handlung ein gutes Ende.

HARDENBERG
Die Reihe ist an mir, Empathie zu bekunden.

FUNK
Der Fatalist unternimmt den letzten Versuch.
Klopft die Pfeife kurz aus, wählt eine andere und stopft sie.
Den Zweifler wirft nichts aus der Bahn. Habe ich die Kurfürstin hochleben lassen? Hat Adolf explizit der Herzogin gedacht? Blieben wir korrekt nebulös? Ist Freund Hardenberg mögli-

cherweise nicht schwärmerischer, zeitweilig verliebter als unsereins, sondern nüchterner? Wird doch manches vom Thron Verkündete auf der Ottomane ersonnen. Nun denn, bevor ich beschämt verharre, denke ich, daß Luise von Preußen tatsächlich des Königs edlere Hälfte darstellt, den beiden anderen Frauenzimmern, wo nicht an Reife, an Reiz überlegen.

THIELMANN

Linke Prämisse, rechter Schluß. Der sich obendrein recht artig besingen läßt:

Nur wer mehr als König schon ist, kann königlich herrschen,
Also soll König sein, welcher die Herrlichste liebt.

Verfasser: ein gewisser Novalis. Ich fand den Vers in einem preußischen Jahrbuch, das wundersamerweise im Freiberger Hause umging.

HARDENBERG

Schlaukopf!

THIELMANN

Warte, lobe mich erst, wenn ich vom Schluß zur Prämisse zurückgesetzt habe, kraft eines Satzes, welcher in einem weiteren in Freiberg aufgetauchten Folianten zu lesen stand: *Was man liebt, findet man überall, und sieht überall Ähnlichkeiten.* Hier zeigt sich, daß einer, so er Novalis heißt, verliebt und nüchtern zugleich ist.

FUNK

Wenn ich nicht irre, kennt Hardenberg Luise nur vom Bilde.

Er hält den Daumen auf den Pfeifenkopf und bläst den Pfeifenhals frei.

THIELMANN

Du sagst es. Und wer ebenjenem höchst leibhaftig ähnelt, sind die Charpentierschen Töchter. Weshalb auch ich ein wenig stolz bin.

FUNK

Bist du sicher, daß du den Sachverhalt ausschöpfst?

Er setzt die Pfeife in Brand.

THIELMANN

Bitten wir den Autor um Ergänzung –

HARDENBERG

Kein Kommentar! Wo einer mich besser kennt als ich selbst, lausche ich lieber.

THIELMANN

Nun denn. Die Prinzessinnenschwestern, in Marmor gehauen von Schadow, in Zuckerwerk nachgeschaffen von deutschen Bäckern, regt jenen Novalis an, eine *Loge der sittlichen Grazie* zu gründen, die sich um das Standbild versammeln soll. Diese Spur führt zweifellos – nach Grüningen.

FUNK

Um unserem Freund nicht allzu nahe zu treten – können wir resümieren, daß er dem weiblichen Geschlecht eine Rolle nicht allein im häuslichen, sondern überdies im öffentlichen Leben einräumt. Vorausgesetzt, das Weib genügt einem hohen Anspruch, die äußere und innere Erscheinung betreffend. Wir Männer untereinander sind weniger wählerisch.

HARDENBERG

Adolf ist ein lieber Halunke, ich werde ihm ewig dankbar sein. Hat er mich ja in das Haus, wo er in Folianten stöbert, erst eingeführt. Er ist meines Glückes Schmied.

FUNK

Auf die Liebe!

Sie trinken.

Meine Herren – der Abend rückt vor – mittlerweile sind wir zu viert, insofern Hardenbergs Double Novalis hinzustieß. Ein Gast, den wir freudig begrüßen.

THIELMANN

Der heimlich schon unter uns saß. Willkommen!

FUNK

wieder paffend

Ich kann somit Gelegenheit nehmen – den einen wie den anderen zu unseren ernsten, wenn nicht bedrohlichen Zeitläuften zu befragen. Sintemal ich mit beiden das historische Interesse teile. Geradeheraus: Was halten Person und Poet – von Napoleon?

HARDENBERG

Merde alors. Pardon, mon capitaine. Napoleon – Ist er stark, wird er Ordnung schaffen. Ist er zu stark, wird es Krieg geben.

FUNK

Très bien. Merci.

HARDENBERG

Pas de quoi.

FUNK

Alors, was halten Sie – von Europa.

HARDENBERG

À vos ordres. Allez, eine Frage an Wind und Sturm. Sachsen, Preußen – möchten weggeweht werden. Herabgefallen wiederum möchten sie liegenbleiben. Selbst Deutschland, als Ganzem, mag es die Ränder aufrollen. Europa wiegt zu schwer für luftige Operationen.

FUNK

Bien. Et puis?

HARDENBERG

In seine Fortbewegung müssen Erde und Himmel sich teilen. Die Erde bebt, sie wirft die Völker gegeneinander, die auf ihr wohnen. Der Himmel spannt sein Friedenszelt, wenn Menschen ihn in Gestalt von Geist in sich wohnen lassen. Nur dann.

FUNK

Alors –

THIELMANN

Ferdinand! Wir sind nicht auf dem Exerzierplatz!

FUNK

Auf dem Schlafplatz auch nicht.

HARDENBERG

Laß ihn. Ich liebe Geschwindigkeit. Den philosophischen Galopp.

THIELMANN

Querfeldein? Funk peitscht dich, weil er weiß, du hast eine Europa-Rede verfaßt, bloß nicht, was drin steht.

HARDENBERG

Ich werde noch eine schreiben.

FUNK

Alors, Europa ist nur der Zipfel einer großen Landmasse. Kommen wir zum Rest, genannt Asien. Betreten wir es von der uns zugewandten Seite. Vom Heiligen Land, s'il vous plaît.

HARDENBERG

Es wäre wohl besser, wir hätten es nicht betreten. Wir, c'est-à-dire, Europa. Ein heiliger Ort taugt nicht zum Beuteobjekt! Das Heilige eines Ortes entzieht sich diesseitigen Machenschaften wie Besitz, Eroberung, Herrschaft. Es ist geistiger Natur. Der Geist ist frei. Ich kann mit dem Finger schnippen und sagen: Golgatha ist in mir. Gethsemane ist in mir. Galiläa, mein Garten. Das meine ich mit: Himmel, der uns innewohnt. Vorgebliche Christen, die eine Blutspur vom Abendland bis nach Asien ziehen, sind des Menschen und des Menschensohnes Feind.

FUNK

Das geht gegen mich – indem es gegen den Staufer geht. Laut eigenen Komplimenten haben Sie aus meiner *Geschichte Kaiser Friedrichs des II.* Gewinn gezogen. Friedrich hat ein Kreuzheer geführt, hat sich zum König von Jerusalem krönen lassen. Zugleich war er Kanzonendichter, den Wartburger Minnesängern gewogen.

HARDENBERG

Exactement! Von ebendiesem Widerspruch handelt mein Roman, und so beschreibe ich Ihren Kaiser bereits, bevor ich ihn erwähne. Es sei denn, er wäre mit seinem Großvater Barbarossa zu eins verschmolzen, wie in der Kyffhäusersage. Bei Barbarossa im Berg laß ich Heinrichs Vater gleich auf den ersten Seiten verweilen. Freilich im Traum! Finden die diversen Helden sich ja auch im reichen Gestein Ihres Bücherschranks nah beieinander.

THIELMANN

Der Husar steht mit dem Frieden auf Kriegsfuß.

HARDENBERG

Dafür auf um so vertrauterem Fuße mit der Vernunft – wie zwei gewisse wiederum mir vertraute chefs d'escadron suggerieren. Schließen wir daraus: Wir alle sind Doppelwesen. Numerisch säßen sechse am Tisch. Unser Leben gleicht einem inneren

Brautstand. Wer sich am Ende mit sich selbst vermählt, darf als weise gelten. Dann wird die Entscheidung nicht mehr zwischen Krieg und Sangeskunst fallen. Dann soll meine *Kriegskunst a priori* – Funk und Thielmann gewidmet – gespickt mit Ratschlägen für eine *Armee in Friedenszeiten*, von der *Gymnastik* bis zur Abwehr *wilder Tiere* – im Abyssus unausgeführter Pläne verrotten. Mars und Venus kreisen unbeirrt am Firmament, mal getrennt, mal auf Sichtweite.

FUNK
Zu guter Letzt verschlägt es uns auf echte Planeten –

THIELMANN
Bleib du auch auf der Erde, Novalis.

HARDENBERG
Welche ein solcher ist. Keine Sorge, ihr Guten. Der morgige Tag sieht mich beim Prospektieren des nächstjährigen Salinenetats.

THIELMANN
Ein trocknes Geschäft – Apropos – Auf die Sechseinigkeit!
Sie trinken.

FUNK
legt die Pfeife beiseite
Sie wollen morgen nicht wandern, Baron? Am heiligen Sonntag?

HARDENBERG
Die Wonne eines jüngst unternommenen Ausflugs läßt sich schwerlich wiederholen. Geschweige in Worte fassen. Als dürrer Bericht steht sie dem Bild vom Barbarossa voran: ... *Ich schlief bald, und da dünkte michs, ich ... wanderte aus dem Tore. Es war, als müßte ich irgend wohin gehen, um etwas zu bestellen, doch wußte ich nicht wohin, und was ich verrichten solle. Ich ging nach dem Harze mit überaus schnellen Schritten, und wohl war mir, als sei es zur Hochzeit. Ich hielt mich nicht auf dem*

Wege, sondern immer feldein durch Tal und Wald, und bald kam ich an einen hohen Berg. Als ich oben war, sah ich die goldne Aue vor mir, und überschaute Thüringen weit und breit, also daß kein Berg in der Nähe umher mir die Aussicht wehrte. Gegenüber lag der Harz mit seinen dunklen Bergen, und ich sah unzählige Schlösser, Klöster und Ortschaften. Wie mir nun da recht wohl innerlich ward …

FUNK

Combien c'est beau. Sehr schön, sehr schlicht, ohne Galfazien. Sie haben wohl Siebenmeilenstiefel getragen – *Ich ging nach dem Harze* müßte heißen: Ich ging nach dem Kyffhäuser. Sie liefen gewiß die Harzstraße hinunter, sodann, Kachstedt rechts, Ringleben links liegengelassen, stramm auf Ichstedt zu, wonach es kräftig bergauf geht. Man kann die Strecke auch reiten, Freund!

HARDENBERG

Ich flog sie auf Füßen.

FUNK

Der Kaiser im Berg, der zusammengewachsene Staufer, spiegelt nur einen Aspekt des Kyffhäuser-Mythos, den männlichen. Es soll auch eine Muttergottheit in der Tiefe wohnen und verehrt worden sein.

THIELMANN

In der Tiefe? Wie tief? Schau doch einmal – Rathaus, Marienkirche, etliche höhere Bürgerhäuser im Rücken – über die Senke hinweg Richtung Westen. Da liegt sie schon, offen zutage. Liegt auf dem Bauch, die Arme wie die Vorderläufe einer Katze nach vorn gestreckt. Der Bergfried der Burg steckt ihr als Krönchen im Haar. Links der Nackenfalte zieht sich der Rücken hin und bildet mit den Beinen eine sacht gewellte Linie, die langsam gegen den Horizont abfällt – Nun sag nicht, was sieht der Husar. Er sieht, was er vor sich hat.

FUNK

Ich sage es trotzdem. Die Göttin in der Göttin quasi. Bemerkenswert auch, meine Herren: Der weibliche ist der ältere Anteil. Vorgeschichtlich, wo nicht seit der Schöpfung am Platze. Der männliche wurde im Mittelalter lanciert – bronzezeitliche Vorläufer exklusive. Eine Mutter, die einen Helden austrägt.

HARDENBERG

Welcher bereits gelebt hat und sein Werk nicht vollenden konnte?

Der Bursche schiebt seinen Kopf durch die Tür. Auf ein Zeichen von Thielmann verschwindet er wieder.

FUNK

Merci, mon cher. Sie denken einen Gedanken zu Ende, den ich mir selbst nicht gestatte. Habe die Biographie eines aufgeklärten Potentaten verfaßt, c'est tout. Sache und Sage – die Nähe beider, die Sie meinem Schrank attestieren, will mir von dort noch nicht in den Kopf.

THIELMANN

Zu Ende gedacht, ist rasch geritten – Der Poet macht am Ziel nicht halt. Nicht wahr, Fritz, da war noch etwas Drittes, Unscheinbares, ein verlorenes Souvenir – Wenn Sache und Sage nicht halten, was sie versprechen, springt es für beide ein – So hilf mir doch.

HARDENBERG

… *Ich stand wieder oben auf dem Berge. Mein Begleiter stand bei mir und sagte: Wenn du am Tage Johannis gegen Abend wieder hierher kommst, dann gib nur acht auf ein blaues Blümchen … brich es ab und überlaß dich der himmlischen Führung …* Zufrieden?

THIELMANN

Allemal. Ärgerlich?

HARDENBERG

Nie und nimmer. Allein, um zum Herzen vorzudringen, braucht es noch Nacht und Tag.

THIELMANN

In der Tat. Das Wichtigste läßt sich gewöhnlich nur anreißen – Macht es der Mythos, oder der Uhrzeiger, daß Müdigkeit anschleicht. Freunde, ich muß –

Man hört das Hufeklacken eines Pferdes im Hof.

FUNK

Ex, meine Lieben! Auf das Verschwinden der Rabenschwärme, um hohe und um denkende Häupter!

THIELMANN

Auf die blaue Blume!

HARDENBERG

Auf die goldene Zeit!
Sie trinken.

THIELMANN
erhebt sich

Mir ist so manches Licht aufgegangen, und selbst meinem Tier ward just eins angesteckt. Grand merci – Allez au revoir, mes amis – à bientôt –

Funk und Hardenberg sind ebenfalls aufgestanden.

HARDENBERG

Bon voyage – et bonne nuit –
Er folgt Thielmann hinaus.

FUNK

folgt beiden mit ausgebreiteten Armen

Allez sous la garde du ciel –

THIELMANN

bereits in der Diele

– Solang ich um den Kunstturm einen Bogen schlage, Arterns schwarze Madonna der schaurigen Art –

Ihre Stimmen entfernen sich.

Der Bursche kehrt zum Aufräumen in die Stube zurück. Er greift mit der einen Hand den Siphon, mit der anderen die Krüge an den Henkeln und trägt sie hinaus. Als nächstes bringt er umständlich das Rauchzeug in Ordnung. Die Schale mit der ausgeklopften Asche leert er in einen Kübel neben dem Kamin. Zuletzt löscht er das Feuer sorgfältig, indem er Wasser aus einer bereitgestellten Kanne über Glut und Flammen gießt. Erst nachdem es zu zischen aufgehört hat, löscht er die Wandleuchten und verschwindet. Die Tür bleibt offen.

DOROTHEA VEIT GEB. MENDELSSOHN
AN FRIEDRICH SCHLEIERMACHER IN BERLIN

Jena, den 9. December 1799.

Europa und der Widerborst werden beyderseits nicht im Athenäum gedruckt! Dem Himmel sey es tausendmahl und noch tausendmahl gedankt. Ich war gleich von vorne herein sehr dagegen, aber das war eine Stimme in der Wüste. Endlich wollte es Wilhelm nicht ohne eine Note, die wollte Schelling nicht, Goethe ward zum Schiedsrichter genommen und der hat es ganz und gar verworfen ...

FRIEDRICH SCHLEGEL AN DENSELBEN

(Jena, ca. 10. Dezember 1799)

... *Du weißt nun, daß W nach seiner Weisheit, der ich's überlassen, beschlossen hat, beyde Geisteswerke im Abyssus des Ungedruckten ruhen zu lassen. Goethe hat ihm dasselbe geraten* ...

AUGUST WILHELM SCHLEGEL AN DENSELBEN

Jena, den 16. December 1799.

Daß die Nicht-Einrückung des Aufsatzes von Hardenberg und des Widerporst beschlossen worden, wird Friedrich gemeldet haben. Ich war schon früher dieser Meynung, wurde aber überstimmt und provocirte auf Goethe. Dieser ist dann sehr in die Sache eingegangen …

III
FREIBERG

29. Dezember 1799

Fühlt ein Stuhl, wann er frei wird. Das leise Knirschen des Polsters, wenn das Gewicht eines Menschen sich aus ihm löst – ist es ein Seufzer des Bedauerns, oder der Erleichterung. Sind vielmehr wir es, die das Bewußtsein der Dinge erst eigentlich erfinden. Willkür der Phantasie –

Geduld, Schritt vor Schritt, auch auf spekulativem Gelände. Gerade dort. Stückt der Mensch die Natur auseinander und setzt sie wieder zusammen, zu Möbeln etwa, schleift ihnen womöglich Empfindungen ein, welche fortan mit solchen der verwendeten, gottgeschaffenen Substanzen ein wunderliches Gemenge bilden. Falls überhaupt. Falls du selber wunderlich genug bist, über dergleichen nachzudenken.

Anders die urtümliche Schöpfung. Sie wartet. Was ein leidenschaftliches Gefühl ist. War einer je im Innern des Kyffhäusers, tiefer als ein Schaf sich verirrt. Sah nichts, sah Dunkel, eine vage Erhebung im Boden der Höhle. Ein Thron, wenn man will. Kein Barbarossa. Und doch sitzt Barbarossa dort, gewoben aus allen Wünschen der Erde, ein machtvoller Geist errette uns einst, wenn die Stunde da ist –

Die Stühle leerten sich denn. Auf den Bezügen lag mattes Winterlicht. Hardenberg hatte die Hände vor das Gesicht gehoben. Die Finger der linken strichen mehrmals von der Stirn an der Schläfe vorbei zum Hinterkopf, um einer Strähne oder eines Schwalls entbehrlicher Gedanken Herr zu werden. Perpetuum panicum. Die rechte winkte heiter nach verschiedenen Seiten: Au revoir. Merci bien. Ihr Diener.

Bergrat Charpentier stand aufrecht im Salon. Sein Schmunzeln verriet allerlei, wie etwa: Soll meinem Schwiegersohn zu Dresden, Oberhofprediger von Gotteszorns Gnaden, getrost zu Ohren kommen, daß wir am heutigen Sonntag die Kirche versäumen. Zumal wir letztens, weihnachthalber, im Freiberger Dom nachgerade unser Zelt aufschlugen. Der menschliche Geist ist Gottes erstes Gehäuse. Bauten des Geistes – prachtvolle Dependancen. Weshalb eine Causerie unter Geistern beim Morgenkaffee, vom braven Tatbestand zur kühnen These und retour, durchaus einen Kirchgang aufwiegt. Überdies möchte mir scheinen, daß meines künftigen Eidams himmelstürmende Frömmigkeit zum Schlappenschritt einer Predigt nicht passe. Und hätte Freiberg seinetwegen, allein um das Wesen dieses Hardenberges zu fassen, Tulpenkanzel und Bergmannskanzel nebeneinander errichtet …

Charpentier empfahl sich mit einem Zwinkern, das sagte: Bin in der Bibliothek, Kinder.

Von der Bergrätin schwebte nur noch ein Duft vom Tischrand im Bogen durch die Mitte des Raumes bis zur Flügeltür. Sie selbst hatte sich schon verflüchtigt, wie immer wortlos, unter der gewohnten Folge von Mienen und kleinen Gesten, die mit einem hellen Lacher begann, letzteres wiederum durch das Kräuseln der Stirn entschuldigte beziehungsweise als Hinweis auf Familienpflichten widerrief, worauf sie sich rasch erhob und die Hände in den Handgelenken rollend wie von eigenen luftigen Rädern gezogen hinauswehte.

Hans war beim Abgang des Vaters behende aufgesprungen, blieb dann aber steif zwischen Stuhl- und Tischkante stehen, als müsse er vor der nächsten Bewegung, ob Schritt ob Wort, erst den Befehl abwarten. Wie unten so oben: Das unmerkliche Gleichziehen der Mundwinkel mit seinen breit aufgesetzten, auswärts gekehrten Fußspitzen brachte ein Grinsen hervor, welches Hardenberg, der jenseits der Tafel von einem Bein aufs andere trat, zu neuen Denkläufen reizte. Dieses Kind. Nestküken des Hauses. Gleich wird es in seine Kammer hinauf- und in die Kluft des Fahnenjunkers steigen. Zwischen Haut und Montur eine Unendlichkeit Kälte. Ein ungelebtes Leben. Eine Welt namens Krieg. Welche Maskierung der Liebe. Möge die Maske nie Rüstung werden. Seh ich hier deutlich, was ich an meinen Brüdern übersah. Karl. Anton. Bernhard … Was kommt auf uns zu. Christtag vorbei, Rauhnacht waltet, Hans rückt ein, grinst in rührendem Stolz, wenn die Mutter nachher am Tor zum Abschied eine Träne verdrückt.

Zunächst einmal herzten die Schwestern den Knaben, Julie, dann Caroline, und schwangen ihn – fehlte nur die Musik – um etliche Möbelvorsprünge sowie die Schuhe des Gastes herum Richtung

Tür, die indessen, bevor er die Klinke zu fassen bekam, leise knarrte. Das Hausmädchen schob sich herein, mit Bürste und Messingschaufel, um die Tischdecke abzukehren. Zu früh, denn das Geschirr stand noch im Wege, Tassen, Gebäckschälchen und jene goldgerandete Meißener Platte, die einzig dazu bestimmt war, alljährlich den Christstollen aufzunehmen, woran jetzt allenfalls verlorene Rosinen und Reste von Puderzucker erinnerten. Während das Hausmädchen stutzte und einen Schritt zurück tat, fuhr das Küchenmädchen an ihr vorbei, mit Händen und Brüsten ein respektables Henkeltablett balancierend, so daß die Tilgung der Frühstücksspuren nunmehr in munterer Eile und gebotener Reihenfolge vonstatten ging.

Durch die halb geöffnete Tür von der Treppe her eine bekannte Sequenz Polter- und Knarrgeräusche, die verriet, wie viele Stufen Hans auf einmal nahm und welche er ausließ.

Hardenberg verharrte hinter seinem Platz an der Wand zur Diele, abseits der Verwandlung der Kaffeetafel in ein dezentes Salonmöbel. Seine Hände hielten den oberen Steg der Stuhllehne umfaßt, die Gedanken schweiften wieder. Die Schwestern ließen beide Mädchen hantieren und griffen erst zu, um die gefütterte Zierdecke aufzulegen. Sobald sie ausgebreitet war, umkreiste Julie an den Innenseiten der Stühle entlang einmal den Tisch, mit allen Fingern etwaige Kniffe ausstreifend oder glatt klopfend, so, als wäre sie, und nicht Caroline, die Klavierspielerin. Unterdes nahm Caroline die hohe ovale Silberschale, gefüllt mit Nüssen und Lebkuchen, von der Konsole herunter und stellte sie in die Mitte.

Über die freie Fläche des moosgrünen Velours, und mochten seine Millionen Härchen wohlweislich zum Fenster hin streichen, warf das Winterlicht einen Nebelflor.

Die Flügeltür stand mittlerweile breit aufgesperrt. Entferntes Scheppern von Tassen, später die Skala der jedem Dielenbrett eigenen Ächzer zeigten an, wie weit das Küchenmädchen mit seinem Tablett Richtung Küche gekommen war. Blieb dem Hausmädchen noch, der Ordnung zuliebe, eine Reihe von Tanzfiguren zu absolvieren, jeweils mit wechselnden Herren, die sämtlich Stuhl oder Sessel hießen. Das Ganze erfolgte mit virtuoser Geschwindigkeit. Das Mädchen ergriff seine Partner an beiden Armen, schwenkte sie um die eigene Achse und setzte sie in der schmuckesten Position wieder ab, teils dicht beim Tisch, teils an der Scheuerleiste entlang zum Relief gereiht. Keine Frage, daß hierbei jegliches Schurren verpönt war. Nur einmal wäre der Kleinen zum hölzernen beinahe der leibhaftige Herr namens von Hardenberg in die Pirouette geraten, doch der entwich, ebenso lautlos, beizeiten in die äußerste Zimmerecke, wo er sich die Darbietung lächelnd gefallen ließ.

Für einen Moment waltete Stille. Fragende Blicke des Mädchens zu den Schwestern. Freundliches Nicken zurück. Dann ein kurzes Knacken im Schloß, als die Tür von außen zugezogen wurde.

Prompt änderte sich das Tempo der Suite aus Gängen und Gesten – von der Courante zur Sarabande. Die Begriffe würde Hardenberg im nachhinein für passend halten, wenn Caroline am Piano säße und Bach zu spielen begänne. Jetzt fror ihn.

Caroline, derzeit in der Mitte des Raumes, blinzelte, wandte sich ab und ging ein paar Schritte zum Erker hin, die Augen geschlossen. Vor der Podeststufe blieb sie stehen. Julie folgte. Sie schlüpfte hinter dem Tisch hervor, links des Erkers, hielt ein und drehte sich ebenfalls jenem Lichtschacht zu, dessen Zauber durch die aus vier schmalen Fenstern, dabei von drei Seiten einfallende Morgenhelle dem eines weiß gedeckten Altares glich. Heiligkeit in engen Maßen. Hardenberg sah seinen Einsatz gekommen. Er trat hinter die Schwestern, sacht ihre Schultern berührend. Doch seine Finger fühlten einzig, wie klamm sie waren, und kaum den Kleiderstoff unter den Kuppen. Hardenberg zog sie fort und ließ sie herabhängen. Solle das Blut hineinströmen.

Schauen Sie, sagte Caroline, wie der Tag unseren Baum schmückt –

Zu ihren Füßen, auf einem Schemel, stand ein hölzerner Trog, mit Erzkörnern angefüllt, darin eine junge Tanne. Ihre Spitze würde nur wenig über die Fensterbank hinaus in die Höhe ragen, wäre ihr nicht ein Glitzerstern aufgesteckt, der diesen Vormittag, bei diesem Wetter, in der vom Blick der Betrachter gestifteten Geometrie wie ein Wunderzeichen in einer Urmilch schwimmt, aus der eine Welt erst gezeugt und gesäugt werden will.

Wunder stehen mit naturgesetzlichen Wirkungen in Wechsel … kein Wunder ohne Naturbegebenheit und umgekehrt.

An den kürzeren Zweigen hingen Äpfel, papierene Engel und allerlei Zuckerwerk. Die Enden der unteren trugen jedes ein mit Draht befestigtes Wachslicht, unter dessen Gewicht es sich fast bis über den Rand des Beckens hinunterbog. Kerzen, die gestern gebrannt hatten, als hinter den Fensterscheiben Nacht und drinnen zur Wärme des Ofens die des Gesanges herrschte, vergnügt geschmetterte Weihnachtslieder, Raum und Körper durchpulst, wozu der Glühpunsch das seine beitrug. Vorbei. Die Verhältnisse hatten sich verkehrt. Frische Kerzen zwar, die Dochte jungfräulich, die wächserne Farbe verlief mit der Blässe des Tages.

Soll ich spielen, sagte Caroline.

Sie ging zum Klavier.

Ein Sitzmöbel hatte das Mädchen unverrückt an seiner Stelle gelassen, ein Sofa mit hoher Rückenlehne, wo die Mutter zum Kaffee gern residierte, bei vollem Hause auch mit Kind oder Enkel an ihrer Seite. Es stand hinter dem Tisch an der Seitenwand, genau dem Klavier gegenüber. Das hieß, wer immer hier zu sitzen kam, wenn es Konzert gab, durfte sich wie in einer Equipage fühlen, vom Kutscher oder der Kutscherin auf dem Klavierschemel ins Morgenland der Musik entführt.

Es fügte sich, daß Julie auf dem Weg, den sie hergekommen, und Hardenberg, einige Schritte zurück Richtung Tür, sodann um die andere Hälfte des Tisches herum, einander beim Sofa wiedertrafen und Platz nahmen, Julie ein wenig hastiger, mit einem leisen Laut, der halb Jauchzer halb Seufzer war. Hardenberg legte den linken Arm um die Braut.

Auch Caroline hatte sich niedergelassen, einmal noch umgedreht, verschmitzt getan, sogleich aber den Kopf gesenkt, wobei sie die Unterarme über der Tastatur seltsam hin und her schwenkte. Ob ihr denn warm wäre. Der Klavierdeckel stand aufgeklappt, seit gestern oder aus lieber Gewohnheit.

Wer ist schon seiner Finger Gebieter, sagte sie.

Ja, wer! O Mademoiselle!

Meine streben zum alten Leipziger. Bei jedem Wetter.

Laß sie ziehn, nimm uns mit, rief Julie, die ihre im Schoß umeinander zwirbelte.

Die ersten Läufe, etwas stocherig, dazu Carolines im Vierertakt federnder Rücken, zeigten die Allemande an.

Hardenberg holte seinen Arm wiederum ein, streifte Julies Haar, lockiges Haufwerk, schob die Hand abermals vor, wie absichtslos mit dem Daumen die Spange abtastend, die das Haarband hielt – wie nur. Welcher listig winzige Mechanismus. Als er den Unterarm sacht herabgleiten ließ, geriet ihm die eigene Ärmelmanschette zwischen Daumenmaus und Julies Nacken. Das waren nun dreierlei Seiden – Haarband, Manschette und das aus dem Halsausschnitt herausquellende Fichu – vermengt mit zweimal Haut im beinahe selben Moment, ein Vorklang von Seligkeit, rasch abgelöst von der Wonne, hinter faltenlosem Samt eine ebenso faltenlose Schulter zu fühlen, denn im Schreck war die Hand ein Stück zurückgezuckt und passierte fortan bedacht den immer noch samtenen Ärmel, um unterhalb des Ellenbogens, ehe der Stoff aufhörte, artig liegenzubleiben.

Indessen machte die Allemande Geradesitzen unvermeidlich, und es war labsam, daß ein krummer Takt folgte, noch mannhaft zwar in den Akkorden, aber doch betont konzilianter, was die Wiegeschritte des Basses betraf. Zum Effekt der Courante gehört es, nach Plan der Suite, vornehmlich der französischen, die Wohlerzogenheit zu untergraben und Wünsche zumindest als wünschbar anschießen zu lassen. Insgeheim, versteht sich. Da rücken Leib und Lehne keinen Spaltbreit auseinander.

Allein, daß Hardenbergs linker Arm jetzt, Ellenbogen außen, Julies rechten Arm eher wegschob als begleitete, mithin die förmlich zur Zärtlichkeit berufenen Gliedmaßen beider einander aussperrten statt zu umschließen, war so besehen ein widersinniger Zustand. Hardenberg löste die Hand, ohne sie fortzuziehen, sondern beließ sie nach knappem Schlenker um Rüsche und Ellenknochen in Fühlweite der Taille, mählich alle vier Finger gleich Katzenpfoten über den hier herum noch grashalmeng gekräuselten Rock Richtung Rücken voranbringend. Der Daumen schleppt nach, respektive, um im Bild zu bleiben, verharrt abwärts gespreizt wie die Rute des mausenden Katers. Ein Ruck eines Muskels – ein Schock Gedanken. Ob toter Stoff weiß, was lebender, benachbarter Stoff wahrnimmt oder entbehrt. Womit, wenn ja, das Wort TOT obsolet wäre und das Wort STOFF, falls diesem ein Bewußtsein innewohnt, neu zu justieren.

Es war an Julie, die Liebkosung des Freundes, und mochte sie vorderhand in Präliminarien aufgehen, botmäßig verdeckt, willkommen zu heißen. Sie versteifte sich dergestalt, daß Hardenbergs Linke um etwa die eigene Breite hinabfuhr und nun ihrem Kreuzbein anlag. Sein Ringfinger tastete die feine seigere Spalte, Merkzeichen des Gesäßes. Zur gleichen Zeit wiederum lupfte Julchen die kurz zuvor vom Druck befreite Grußhand und warf sie im Bogen an Fritzens Kinn hinauf, wo sie, kaum seine rasierte Haut berührend, anmutig schweben blieb, Mondsichel unter dem Fuß der Madonna. Was mit den abseitigen Armen tun. Ihrer hing, seiner stützte sich auf die jeweils äußere Kante des Sitzpolsters, dessen Naht, mit aufgesteppter Goldkordel kaschiert, einen heimlichen Meßstrich ins Fleisch der Handwurzel rieb. Als der Bann nachgab und zwei entfesselte Glieder ohne Ziel rein aufeinander zu schwirren wollten, just da endete die Courante. Der Schlußklang fiel um so frugaler aus, als ihre Stimmen in den bloßen Grundton zusammenliefen, was Caroline, die Chance vor Augen, ihrerseits einen Atemzug lang über eine fixierte wie eine freie Hand zu verfügen, hinriß, die Oktave sausen und ihre Linke in die Luft, über die Schulter hinaus nach hinten schnellen zu lassen, den Blick hinterher. Ein Schmunzeln, Kneisten, doch noch im Abwenden erschien ihr Gesicht – oder trat es nur in den Schatten ein – von Trauer verdunkelt. Nein, nicht Trauer. Die Sarabande begann, die ein fündiges Glück, doch keine Heiterkeit freisetzt.

Die Skulptur einander zugekehrter Leiber erstarrte in ihrer Position. Nichts Flüchtiges mehr, geschweige, ausgreifende Gebärden. Der Wandel vollzog sich innen, erfaßte die Gedanken zuerst, drückt sich im Mienenspiel ab, in Hardenbergs Stirnfalte, Julies Verziehen des Mundes. Es ist, als sinke das Paar von Schwerkraft betäubt in die Tiefe.

Gemach. Die Tiefe reicht zunächst bis zu den Füßen. Da wird nicht Diele noch Decke durchschlagen. Wie Caroline die ihrigen im Wechsel gegen messingne Pedale stemmt, um oben dem Ton, der durch die einmal niedergepreßte Taste seine Geburt, aber kein Leben hat, im nachhinein Atem einzubleuen. Wie Hardenberg ihr über den Tisch zusieht, vielmehr ihrem regelmäßig schütternden Rocksaum, in Kenntnis des Vorgangs ihren Eifer ästimierend. Wie ihm die eigenen Füße zu singen anfangen, durch Beinling und Halbschuh wie aufgerissene Augen die schwanken Sprossen der Fahrt anvisierend – alltäglich rettender Reflex. Andernfalls einer in die Grube nicht fährt, sondern häuptlings hinabsaust. Weshalb sie von hier herab Teufe heißt ... Dem Teufel ist der erste Laut des Lichts abhanden gekommen ...

Nichts da mit vollbrachter Umarmung. Die Mondsichel taucht unter den Horizont, den die Tischplatte vorgibt, auf Fritzens Oberschenkel, von wo aus sie schlechterdings in die Unsichtbarkeit des Neumonds entweichen möchte, heim in die eigene Scham. Nichts dagegen, daß seine Linke im Kreuz der Geliebten geradezu festwächst, während beider Flatterhände mittlerweile genüglich die Zierdecke streicheln.

Hab ich meinem Friedrich-Schlegelgesellen doch Unrecht getan, indem ich seine *Lucinde* verriß. Befinde mich nun selbst in erzlucindischer Lage. Verzeih, Bester. Du warst mir voraus.

Le premier fois. Belehrt, gewarnt, Glück auf gewünscht. Glück ab täte passen. Treten greifen loslassen. Fuß vor Hand statt Hals über Kopf, der noch über Tage kragt, zur Furcht die Schmach. Im Ohr ein hämisch Geklage alter Hasen vom Dienst. *Fahrt und Haspel segne Gott / Schacht und Kübel gleichermaßen* psalmodieren die Zehen. Fahrkunst – der Tonkunst ebenbürtig.

Letztere steht nach Absolvieren des ersten Drittels der Sarabande beim Wiederholungszeichen.

Nimm Holz. Säge, stutze, mach es den Baum vergessen. Zimmere eine Leiter, vergiß das Wort. Mach viele. Verlängere, stücke an: ein-, zweihundert Lachter lang. Verdübele sie im Gestein. Eine Fahrt, die fest steht – ein federndes Höllengelächter. Ob dich als Neuling ein Schwindel ankommt. Ob du, Finger natternflink, die Holmen packst, oder ausrutschst. Das Gezähe baumelt vom Gürtel. Ein maître du ballet bist du, den niemand beklatscht, je älter im Berg, desto behender.

Es ist eine Dreiheit, Geliebte. Finden umfassen verlassen. Ein Urtakt –

Ob hierbei doch der Akademist vor dem Lernhäuer begünstigt sei, denn ein Sud von Hausmusik durchtränkt sein Gedächtnis, eingeflößt an allen Sonntagen der Kindheit – welche sich bekanntlich daheim im Elternhaus fortsetzt ad infinitum. Item der Sarabandenschritt. Unerinnert, aber prävalent, bringt er auf schwingenden Fahrten Ruhe ins Gliedergezappel, siehe an. Der Preis: Kein Hörgenuß mehr, der nicht in die Füße führe.

Vergiß es, beim Heiland.

Schwerer wiegt meine Hand, dachte Hardenberg, die über Tische müßig liegt. Er riß sie herunter und begrub sie im Schoß, ratlos, wie übergreifen – wäre eben nicht Julies linke herangeweht, die Veloursstreichlerin, dorthin, wo ihre andere gerade erst ausgewischt war, nunmehr, von des Freundes rauher kühler Rechten behaust, ein traulicher Ort. Sie schob ihre Finger so unter seine, daß ihr Daumen seinen Zeigefinger wärmte.

Die Hand ein Gestänge, dachte Hardenberg. Er verbot sich das Denken, bei Strafe.

Ich muß schlechterdings suchen, mein besseres Selbst im Wechsel der Lebensszenen, in den Veränderungen des Gemüts behaupten zu lernen …

Nur, Eingeschliffenes folgt keiner Weisung, und als Caroline den zweiten Teil anschlug, darin die Baßmelodie, auf- und niedersteigend, sich derart an die tiefen Tasten verliert, daß es den Rücken der Spielerin mächtig nach links zog, gab Hardenberg auf und war schon im Berg, die Gefährtin im Arm. Nicht doch. Sie saß wie ein Fels, ihr Rumpf war der Fels.

Wie sind wir in Stücke zerrissen. Klebt meine eine Hand seit Menschengedenken am Stein – dahinter heißes Blut fließt.

Läge ich zerschlagen im Schachtsumpf, ob solcher Zerstreutheit. Läuft immer irgendwo eine Frist ab.

Order, die Finsternis zu studieren, en passant. Finsternis, nichts als die Frist, welche das Auge braucht, um seine Vorherrschaft abzulegen. Bis Auge, Ohr, Fuß, Hand, Haut gleich viel oder gleich wenig wahrnehmen, der ganze Körper ein einziges Sinnesorgan –

Der Schlußakkord, beidhändig. Caroline kann sich nicht umdrehen.

– freilich, Lektion außer Plan. Zu heftig gefuchtelt, geruckt, die Blende am Busen. Das Rüböl schwappt, der Docht säuft ab, aus ist das Grubenlicht.

Oder macht es die Tonart, d-moll, die chthonische.

Die Brust – sagt ein gutmütiger Knapp auf der ersten Sohle – du mußt sie still halten, wie der Gekreuzigte.

Hat er gleich das Malheur behoben, mit dem eigenen Geleucht. Hat längst ein tröstlicher Traktat eingesetzt: die Geräusche. Die etwas dünner werden zwischen den Sohlen. Und du besonnener. Das klopft, kratzt und schlägelt, hell klingend aus der angefahrenen Strecke, heiser wischend aus entfernteren Querschlägen. Da ist keine Einsamkeit im schwarzen Labyrinth. Alis vierzig Getreue durchwühlen die Erde nach Schätzen, der Herr will es so, die Beute soll ihnen nachmals zubestimmt sein. Auf der dritten Sohle, gut siebzig Lachter tief, tritt Akademist von Hardenberg ab, zur nunmehr söhligen Fahrt vom Steiger erwartet, die Handflächen simmern, die Füße noch fühllos, ob über rauhes Gestein, ob durch glitschige Gerinne von Grubenwasser dem Bergmann nach, der gehörig vorauseilt. Die Linke von Julies Rücken genommen. Einfach gleiten gelassen, bis sie in der Kluft zwischen mollichtem Steiß und kühlem Polster hängenbleibt auf alle Ewigkeit. Gen Vortrieb voran, das heißt, den Kopf gesenkt, gebückt, die Schultern seitlich verdreht, in die Knie gegangen. Am Ende gelegen, das Arschleder unter die Hüfte gezerrt. Doch die Ortsbrust, der heute erreichte äußerste Zipfel der Strecke, die gehört nicht dem Anfänger noch dem Steiger. Sondern der Häuer, der sie eben auffährt, legt seinen Finger hinein.

Wie ich das gesehen habe. Da doch mein Geleucht wegen Ungeschicklichkeit von neuem erlosch. Doch kaum geschämt, bläst der Steiger seins vorsätzlich aus, und nun darf ich schauen. Allein aus der Blende des Häuers, mit Bedacht zur Seite gestellt, nahe der Hand, fern den Ellenbogen, fällt ein Lichtschein nach vorn. Jener schlägelt wieder, hat das abgeschlagene Eisen gegen ein spitzes getauscht, schiebt und rückt es am Ort, während die knappen wuchtigen Hiebe des Fäustels es in den Berg treiben. Was aber zaubern die Schatten aus solchem begrenztem Geplage der Unterarme – bei Gott, ein riesiges Bocksgehörn, das in der schmalen Röhre launige Sprünge vollführt!

Die Ziege ist unser Berggeist, murmelt der Steiger. Was denn auch für diesen Tag sein längster Satz bleibt.

Julie regt sich, zum ersten Mal im Menuetto, das gleich vorüber ist – Schlägelmusik, laufende Achtel. Sie löst das Kreuz, zu dem ihre Arme unterdessen erstarrt sind und ihr fast den Atem abdrücken, weitet sich, strahlt Hardenberg an, läßt die Zähne blitzen, als wenn sie ein Kichern verdrückt. So kommt es, daß im nächsten Augenblick eine Triade von Liebesfängen über die Tischkante emporsteigt, umeinanderschlüpft und sich den Rundungen zweier Oberkörper in folgender, beiläufiger Ordnung wiederum anlegt: Julie umfängt Fritz von der Seite, indem sie beide Hände über seiner rechten Schulter verschränkt. Fritz seinerseits beläßt zwar die Linke am Platz, befestigt sie geradezu, greift aber mit der Rechten in weicher luftiger Geste unter Julies ihm nun zugewandter linker Achsel vorbei bis nach hinten, wo der Daumen eine Naht, eine Falte sucht, um hier zu verweilen.

Keine Mühe, so aneinandergeschnürt in gedachter Equipage bis ins Unendliche weiterzureisen, fort nach Phantasien – bloß mit der Lenkerin hatte sich etwas verändert. Saß Caroline noch auf dem Kutschbock oder seit längerem auf dem Rücken des Braunen, wo sie soeben vom munteren Trab in einen weicheren, wiegenden Kreuzgang zurückfiel. War dies nur der Beginn des zweiten Menuetto gewesen. Was tat es den Liebenden. Ließ es sie unmerklich erschlaffen, was eine Partie verstohlener, glücklicher Seufzer nach sich und beider Gemüter – abermaliger Sog der Schwerkraft – in eine mütterliche Wunderwelt hinabzog, ein Reich, versunken seit der Geburt.

Wenn aber das Grubenlicht brennt, welche Farben sehen wir da. Sagen wir, Schimmertöne, Facetten des Dunkels. Zuallererst

Schwarz. Das keines ist. Dem der Glanz fehlt, die kolossalische Majestät des Schwarzen. Materie, niemals vom Lichte beschienen. Falsch. Wie kämen denn die Gänge hinein, die lebhafter glitzern, das Auge anlocken und die Grube zur Fundgrube adeln. Spätestens vor Äonen hat ein urweltliches Feuer den Berg verstürzt und verflüssigt – Pluto, nicht Neptun. Keine Sturmflut des Jüngsten oder ältesten Tages packt euch die Erze so, daß sie schräg von der Firste zur Sohle einfallen. Das sind andere Wehen –

Wieder grundfalsch, du Säugling im Erdenschoß. Kein Erz glitzerte irgend, was da streicht oder aufbricht, wäre ein leeres Geklüft, so lange bis Wasser die Minerale von allen Seiten hereinwäscht! Fruchtwasser der Schöpfung. Neptun, nicht Pluto!

Sind die Metalle oder die Erden anfänglicher?

Egal, was erblicken wir, Liebste, wenn wir die Strecke befahren. Stumpfgrauen Gneis. Rotgelben Schwefelkies, der auch die Pfützen und Rinnsale einfärbt.

Julie muß ihre Finger aus der Arretierung befreien, sie würden sonst einschlafen. Schicksal aller bräutlichen Finger, der Mode geschuldet: Die Schulter des Freundes bleibt unberührbar. Ein Wall von Watte, Lagen Gewebe rüsten sie ein. Genug, daß der Geliebte neben dir atmet. Zum Trost ergeht es ihm ähnlich: auch Abnäher, versteifte Passen und Bortenbesatz nicht eben eine Brüstung für Hände.

Warum es bis heute keine Bergfrauen gibt.

Wegen gleichen Geschlechts. Die Erde selber sei weiblich. Sie trage immer, gebäre immer. Der Berg, ein gewölbter Bauch, schicklicher, eine Kuppel, die von drunten anzuschauen zwar allenfalls den Wichteln gelingt – oder der Wissenschaft. Wir Ausgetragenen ahnen nur.

Der Mutter zum Wiegenfest:

Glück auf, Fundgrube, das Säkulum
Ist nun zur Hälfte für dich bald um.
Viel edle Geschicke hast du beschert
Und gute Wetter immer gewährt.
Zum Glück des Bergmanns streiche dein Gang
Geschart mit freundlichen Gängen noch lang.

Fritz! hör ich dich rufen, Jule, mit deiner hellen, immer süß bebenden Stimme – Das war voriges Jahr! Wir waren noch nicht verlobt! Diesen Oktober hast du sie einem Weinstock verglichen, deine Frau Mutter, alldieweil sie nullte und es viel davon zu trinken gab, hast du erzählt! Fünfzig, und ihr Jüngstes kaum fünf! Unsere Uhr knackt einen anderen Takt, horche mal, Fritz! Ein Jahr, daß ich dir versprochen bin, zur Weihnacht bekanntlich, in hiesiger Stube! Noch ein Jahr, und das Jahrhundert nullt! Gib Gott, daß wieder die Gläser klingen! So wie ich dir gehöre, sind wir der Zeit zu eigen.

Caroline, die gute, nahm sich heraus, vor dem großen Finale der Suite, die Meister Bach in seiner Laune mit Gigue zu betiteln, doch als statiösen Schreittanz zu notieren geruht hatte, gänzlich herumzuschwenken, Beine diesseits des Schemels, kutschermäßig, Ellbogen auf den Knien, Fäuste gegen die Wangenknochen gepreßt, Ende der Ausfahrt.

Quelle surprise – ihr bot sich welcher Anblick.

Das Paar manierlich, Seite an Seite. Innenhände unsichtbar, gewiß ineinandergelegt. Außenhände auf dem Tisch, leicht geöffnet, die Daumen wie Vogeljunge, in ihrem Nest aus Fingern hungrig zuckend. Sonst Ruhe im Gliederwald.

Wäre das Sehen selbst nicht ein spurloser Akt, drei Gänge Blicke im Raum: Zwei aus Richtung des Sofas, geschart zu einem von gegenüber. Umgekehrt einer, aufgetrümert in zwei. Gediegene Liebe –

Caroline schnellt, rockrauschend, wieder in Position. Messieurs-dames!

Geräusche, von wegen tröstlich. Das Instrument erzittert, im Schrank klirrt Glaszeug. Die papierenen Engel drehen sich an ihren Schnüren.

– Mit Schürfen allein ist nichts gewonnen. *Der Schurf wird mit Schaufel, Kratze und Keilhaue verrichtet. Mit Bergkörben oder Bergtrögen wird das Losgearbeitete weggehoben. Man setzt den Schurf quer auf den Gang und zwar mehr ins Hangende – zur Untersuchung des Gangs aber mehrere in die Länge* – Finden ist eins, meine Schönen, Fördern das andere. Soll Erz je in Mengen auf der Scheidebank blinken, muß gesprengt werden. *4 Lot gutes Pulver sind zu einem einmännischen Bohrloche hinlänglich, 8 Lot zu einem zweimännischen, und so fort. Tiefe der Bohrlöcher …* Caroline haut in die Tasten, als sollten sie fortspritzen. Meine männliche Schwägerin. Oder von tapferster Weiblichkeit? Nur ruhig Blut. Zwischen den Explosionen mutet euch das Berauben des geborstenen Gesteins wie Stille an. *Hier ist der Gang mächtig aber gebräch, dort drückt ihn der Felsen in eine armselige, unbedeutende Kluft zusammen, und gerade hier brechen die edelsten Geschicke ein …* Kurzum, *Örter werden getrieben … auf schmalen Gängen und wo die Erze nesterweise brechen …*

Wie gern nähme ich euch mit hinab, nötigenfalls als Nymphen – fein leise am Steiger vorbei, dabei, doucement, mit Papa Charpentiers höchst heimlichem Einverständnis. Wo es just jetzt um das flüssige Element geht. Ach Wasser, es trieft, wo es stört, und fehlt, wo es nottut. Ein Tropf, wer da glaubt, im Fels auf trockene Materie zu stoßen. So kommt! Sei Julie die Lösenymphe. Glück auf, wie sie die Firste ausreibt, Gerinne auffängt, erschrotenes Wasser aus der Ortsbrust scheucht, wie sie Gequäle aushaut, darin es hinuntergurgelt. Alles mit leichter Hand, mit *Gedankenfingern.* Und sind doch bis heute noch Schlägel und Eisen vonnöten. Sei Caroline die Bringenymphe. Komme sie Julie entgegen, indem sie das Naß per Pumpenwerk – brauch sie die Pedale dazu – wieder aufwärts saugt. Ist nicht ein Klavier das erlesenste Kunstgezeug. Lasse sie Teiche quellen, Gräben sprudeln, treibe Röschen durch den Berg und die Göpel an, kraft der Musik, daß Aufschlagwasser die Schaufeln des Wasserrades in Schwung setzt und Körbe und Kübel im Schacht auf und nieder fahren, halleluja! Hat die Handhaspel ausgedient. Müssen Pferde nicht mehr im Kreise gehen. Denn noch ist das Los der Bergleute bitter. O meine Lieben!

Und daß im Korb reiche Ernte liege. Bleiglanz, Rotgültigerz, *gewachsen Silbererz, fünfviertel Zentner schwer – die Grube Himmelsfürst hat solcher Schätze mehr* – und niemals ein Mensch.

Julie legt den Finger auf seinen Mund. Den rechten Zeigefinger. Sprich, wo ist seine Linke, die eben noch Julies Rechte unter

Tische gefaßt hielt. Sie liegt auf der Rückenlehne des Sofas, weitab. Habe ich etwa laut schwadroniert. Hört Julie, was ich da umeinanderdenke, beim Selberhören. Sie lächelt. Weil nichts mehr zu hören ist – Donnerschlag. Piano tacet.

In der Tat hatte Caroline das Stück beendet, hatte ihm nachgelauscht, den Kopf vornüber gesenkt, und war wiederum auf dem Hocker herumgewirbelt. Nun schmunzelte sie, im Verein mit der Schwester.

Mein lieber Fritz! sagte Julie. Das war eine Französische Suite! Kein Häuerglöckchen rief dich zur Schicht! Was schwitzt du so, Ärmster! Oder sind die Kohlen endlich durchgebrannt im Kachelofen.

Sie zog aus ihrem Ärmel ein Batisttüchlein und tupfte damit Hardenbergs Stirn.

Kein Häuerglöckchen rief ihn vom Petriturm zu nachtschlafener Zeit! stichelte Caroline. Und trotzdem drang vor Morgengrauen ein Lichtschein unter seiner Tür hervor! Er hat wohl geschrieben.

Ich sah ihn auch, den Streif auf der Diele! sagte Julie.

Wir haben Sonntag, Gutester! Caroline.

Sag selber ein Wort!

Tausend, ihr Engel! Feiertag – Heilige Nächte – Genießen und Hervorbringen schmelzen in eins. Ich bin glücklich.

Mag er uns eine Probe geben.

Was immer entsteht, es ist alt im Gemüt, aber kläglich auf dem Papier.

Was ihm Brosamen sind, soll uns Brot sein!

Längst war kein Sitzen, kein Halten mehr. Hardenberg rappelte sich, Julie glitt um das Tischende herum zum Erker, er flog um das andere, vorbei an der Tür, in die Mitte der Stube, sie sprang ihm entgegen, beide umhalsten sich und taumelten Richtung Klavier, wo Caroline aus sicherem Stand das Knäuel auffing. Da lagen sich drei in den Armen. Novalis im Flüsterton:

Zu Ende neigte
Die alte Welt sich.
Der lustige Garten
Des jungen Geschlechts

Verwelkte
Und hinaus
In den freieren Raum
Strebten die erwachsenen
Unkindlichen Menschen …
Unfreundlich blies
Ein kalter Nordwind
Über die erstarrte Flur
Und die Wunderheimat
Verflog in den Äther
Und des Himmels
Unendliche Fernen
Füllten mit leuchtenden Welten sich …

Die Wolke war einmal um sich selbst gekreist, stand still und löste sich auf. Vielmehr, sie veränderte ihre Form, floß aus in die Breite, hielt aber noch in ihren Teilen zusammen, indem Novalis links Julie, rechts Caroline nicht aus seinen Armen entließ. Ihre Blicke gingen zum Baum, der unter dem bloß noch matten Weiß des Wintermittags ein Schattendasein hatte. Das Grün seiner Nadeln schien grau und gealtert.

Nicht mehr war das Licht
Der Götter Aufenthalt
Und himmlisches Zeichen –
Den Schleier der Nacht
Warfen sie über sich
Die Nacht ward
Der Offenbarungen
Fruchtbarer Schoß.

Die Braut mochte lieber dem Freund in die Augen sehen, der ihr seine Zukunft, doch bislang allzu selten seine Gegenwart schenkte. Auch ihm gefiel es, daß sie sich herumbog und, aufschauend, seinen Blick aus jener beschränkten Ferne fortlockte in einen eigenen Himmel, mild und süß – ein *galvanischer Reiz*. Ihr Atem traf seine Kehle wie der Lufthauch der aufspringenden Paradiesespforte.

Mitten unter den Menschen
Im Volk das von allen
Verachtet ...
Erschien die neue Welt
Mit nie gesehenem Angesicht
In der Armut
Wunderbarer Hütte ...
Geheimnisvoller Umarmung
Unendliche Frucht ...

Wie aber treu sein, wenn eine zweite Gespielin fingerhakelnd an seiner Seite hing. Sie entfernte sich schon, zog bauschige Seide vom festeren Rockstoff ab und erreichte mit der freien Rechten die Tastatur, um, zunächst seitlich wie im Damensattel auf dem Schemel Halt findend, wobei es den Schwager wiederum kurz zu ihr hin zerrte, so lange, bis beider Fingergelenke auseinanderglitschten, einhändig ein Lied anzuschlagen. Das mußte nun kommen. Mozart, *An Chloe*. Es hatte seine Geschichte. Selbe Bühne, selbe Besetzung, chez Charpentier. Der Zauber wirkte sofort.

Fritz und Julie vergessen Zeit und Raum. Sie vergessen auch, sich aneinanderzuklammern, die Arme zum Liebkosen zu benutzen, lassen sie hängen. Sie vergessen die Spielerin, die losgelassen wieder brav und beidhändig ihren Dienst versieht. Ihr Leben liegt noch hinter einem schwarzlackierten, hölzernen Tor verwahrt. Sie hat einen langen Atem. Sie haben die Augen geschlossen. Die Liebe ist zu nah. Einzig die Lippen wachsen, streben, stülpen sich aufeinander zu. Im Schreck der Berührung fallen sie ein, um gleich wieder anzuschwellen, unzählige Mulden, Flächen, Hügel entdeckend, Frage und Antwort, Wetter und Landschaft, die Luft, die der Feste in jeder Pore anliegt. Genug. Sie öffnen sie nicht. Zuviel, zu frühe Seligkeit möchte tödlich sein. Bleiben wir so.

Der Mittag saugt an den Augenlidern.

Von draußen Schritte.

REGISTRATURA

Amt Weißenfelss, den 11. Jan. 1800.

In dem heute zur Verpflichtung des zeitherigen Acceßisten bei der Salinen-Direktion Hl. George Philipp Friedrichs von Hardenberg, anberaumten Termin, erschien in Gegenwart des sich zu dem Ende allhier eingefundenen Herrn Bergraths … und Herr Commissionsraths … allhier ernannter Herr George Philipp Friedrich von Hardenberg vor dem Chur Fürstlichen Amtmann allhier und wurde denselben zuförderst der seiner Verpflichtung halber ergangene vorstehende gnädigste Befehl gehörig publiciret, sodann aber demselben vorstehende Eydes Notul deutlich vorgehalten, und vorgelesen, und nachdem derselbe über deren unverbrüchliche Festhaltung an erstgedachten Herren Commissarien der Handschlag abgestattet, mit der am Ende bemelter Eydes-Formul befindlichen Eyde, welchen derselbe acto Vormittags gegen XII Uhr actu corporali et more solito mit deutlichen Worten nachgesprochen, als Assessor bey der Salinen-Direktion gnädigst anbefohlenermaßen in Pflicht genommen …

NOVALIS AN LUDWIG TIECK IN JENA

(Weißenfels, 23. Februar 1800)

Es thut mir herzlich leid, daß Du noch immer Dein Kniereißen nicht los bist. Hoffentlich hast Du alles gebraucht, was in solchen Fällen versucht wird – als warme Bäder, Bandagen von Wachstaffent, Elektricität, Guajac und Tafia, Säuren und Mercurialmittel. Gern hätt ich Dich besucht – aber bis jezt war es nicht möglich ... Mich wundert, daß Du dabey so heitern Sinns geblieben bist, um so schöne Sachen auszudenken ...
Jacob Böhm les ich jezt im Zusammenhange, und fange ihn an zu verstehn, wie er verstanden werden muß. Man sieht durchaus in ihm den gewaltigen Frühling mit seinen quellenden, treibenden, bildenden und mischenden Kräften, die von innen heraus die Welt gebären – Ein ächtes Chaos voll dunkler Begier und wunderbaren Leben – einen wahren, auseinandergehenden Microcosmus. Es ist mir sehr lieb ihn durch Dich kennengelernt zu haben ...

NOVALIS AN SEINEN BRUDER KARL IN LÜTZEN

(Weißenfels, Ende März 1800)

Freund, ich habe theils corrigirt theils bloß angestrichen. Dein poetisches Gefühl wird Dir schon sagen, was anstößig ist …
In Gedichten vermeide Wortklang.
In der Prosa werde voller, gedrängter.
In den Gedanken originell, wunderlich, neu.
In der Composition, wie in den Gedanken.
Ja keine Nachahmung der Natur. Die Poesie ist durchaus das Gegentheil. Höchstens kann die Nachahmung der Natur, der Wircklichkeit nur allegorisch, oder im Gegensatz, oder des tragischen und lustigen Effects wegen hin und wieder gebraucht werden.

Alles muß poetisch *sein.*

IV
GIEBICHENSTEIN BEI HALLE
REICHARDTS GARTEN

24. Juni 1800

Wenn der Mensch grüne Haut hätte, Tieck. Wenn wir zwischen all dem Gras und Laub verschwänden, unscheinbar, aber nützlich. Ein Flecken Natur.

Und über den Winter verrottet. Wirst du rückfällig, Freund? Mir laß noch mein Bleichgesicht. Mühselig, aber mobil will ich es an allen schönen Dingen vorbeitragen, in gehörigem Abstand zur Erde.

Wie kannst du meinen Wunsch mit einem Rückfall in die Unterwelt verwechseln. Weil du mich damals nicht kanntest, willst du mich heute nicht kennen? Aufrecht spaziere ich neben dir … Es liegt im Wesen der Wollust, daß sie unser Begehren ins Maßlose treibt.

Wenn du meinst, du würdest gern eben einmal mit Julie zum Stelldichein – oder Liegdichein – ins Gebüsch tauchen, dann versteh ich dich.

Ach ja, auch das.

Wann werde ich Julie je zu sehen bekommen?

Bald, unterm Mond.

Sub luna – wenn du mich zur Hochzeit lädst.

Nicht ich … Doch die guten Freiberger werden eine Ehre darin sehen, dich und Amalie zur Tafel zu bitten.

Schöne Aussicht.

Schöne Sicht, jetzt hier, so schau doch, Ludwig – die zarten und majestätischen Bäume, von denen manche den Gartenbesitzer wohl um ein Vielfaches an Alter übertreffen.

In der Tat. Mein Schwager geht erst auf die fünfzig zu.

Sieh auch die Zwischenräume, die das Licht in die Wipfel schneidet.

Seh ich … Fritz, meinst du, daß ich dort oben hinauf muß?

Auf die Bäume?

Ach wo. Auf die Bergkrone. Laut Reichardt sind es neunzig Fuß, die der obere Gartensaum höher liegt als der untere.

Von denen wir an die zwanzig schon überwunden haben, dank Serpentinen und gekrümmten Pfaden. Häng dich ein, wenn du willst.

Danke. So schleppst du mich.

Ein Stück von dir.

Bist du es nicht, der müde sein dürfte – nach deiner Kletterpartie durch Kursachsens Erdkohlelager?

Lassen wir das. Es geht bergauf und bergab. Heute bergauf, wie du richtig feststellst.

Hübsch englisch soll es hier noch werden. Wiesen, abgesetzt mit Buschwerk, das sich wie absichtslos um die Stämme schmiegt.

Reichardt ist Komponist. Derzeit im Holze.

Und im Salze. Kollege deines Herrn Vaters, als Salinendirektor.

Gewesener. Oder? Hat er am preußischen Hofe nicht wieder den Taktstock geschwungen?

Alles zusammen und nie nur eines.

Pfanne und Stab –

Stift und Spaten –

Letzteren zu gebrauchen, mag ihm sauer werden und Sache des Gärtners bleiben.

Siedet in ersterer Salz – das für sich steht.

Locket der Stab die süßesten Klänge aus Flöten und Geigen.

Teilt der Stift bitter aus.

Salve! Dein Schwager als chymischer Dirigent des Geschmacksquartetts. Was ihn förmlich zum Gastgeber prädestiniert.

Gewiß. Wobei es seinem Weibe, Malchens Schwester, nebst Töchtern obliegt, jene Pfannen zu schwingen, in die außer Salz noch ein paar andere Zutaten hineinwandern.

So wie wir immer ohne Frauen nichts sind, beziehungsweise, was wir sind, nicht sein können. Apropos bitter. War es doch nicht Reichardt, der austeilt. Sondern die Revolution, sprich, die Geschichte selber bereitet die herbsten Getränke, die jenen, welche aus Erbtassen schlürfen, den Gaumen kränken und die Zunge vergiften. So daß ihnen hierauf, als pathologischer Reflex, ein Xenienalmanach –

Jean Paul sagt: Furienalmanach –

– entfahren mag.

Gerülpste Verskunst.

Reichardt ist nur Chronist. Sein *Deutschland* seinerzeit eine Seherchronik. Oder, weniger pathetisch, eine Thesensammlung scharfsinniger Tempognosten.

Unser Schlegelfriedrich inbegriffen.

Du sagst es.

Das war vor vier Jahren –

– und kam schon drei Jahre zu spät. Spätestens dreiundneunzig verlor die Revolution ihren Ruf als historische Arznei und erwies sich als lediglich ungenießbar.

Du vergißt eines, Fritz. Reichardt ist bis heute redlicher Republikaner. Auch wenn er es nicht hinausposaunt.

Nachgerade *magischer Idealist.*

Wie bitte? Wenngleich wir alle, ob er, ob wir –

– noch *Herrendienst* leisten.

Aus gutem Grund.

Reichardt hat Kinder –

Du hast deinen Adel, und ich notorisch kein Geld.

Dafür seit kurzem ebenfalls Nachwuchs.

Fatalerweise –

Schäm dich, Bester.

Dörthchen, das süßeste Balg auf Erden. Sie kann schon sitzen.

Siehst du.

Es ist wahr: Sie sitzt auf, aber wir treten soeben ins neue Jahrhundert ein. Und wer weiß, wer da noch aufsteht und was sich erhebt. Ob der Blick über den Wiegenrand abgelöst wird vom Blick in eine entfesselte Welt. Und ob –

Fahr fort –

Nämlich, eine Welt, die noch heftiger an ihren Fesseln reißt, als La grande nation es ihr vorgeführt hat. Und ob der Atem der Geschichte darum bis in die Wohnstuben bläst, weil zwischen zwei weit voneinander entfernten Begriffen, Kochherd und Kriegsherd, ein logisches Band entsteht oder schon immer bestanden hat. Ein leerer Topf läßt sich leicht umdrehen und als Trommel benutzen.

Die Präsenz deines Schwagers setzt dich unter Feuer. Ich staune. Du schießt über seine Ziele hinaus –

Kapellmeister Reichardt, mein Schwippschwager. Punkt. Mein Vater war Seilermeister –

Allein, ich widerspreche dir.

Das hab ich durchaus befürchtet.

Und ich befürchte, daß du dich täuschst, was meine Gesinnung betrifft. Was weißt du überhaupt von mir, Tieck – Freund an meinem Arm? Die Hardenbergs sind zwar stiftsfähig. Das meint mitnichten: zahlungsfähig.

Und deine Nörtener Sippe?

Keiler wollen gejagt, Korn will gebrannt sein. Letzteres seit einem runden Säkulum. Das Von vor dem Namen enthebt nicht von Arbeit. Meinen Vater hast du doch wohl nicht nur beten sehen, als du Gast warst in unserem Hause.

Himmel, wo bin ich hingestolpert. In Gemächer, wo ich nichts zu suchen habe. Und auf die Weißenfelser laß ich erst gar nichts kommen. Verzeih mir, Fritz. Kränken wollte ich dich nicht. Sag mir nur: Weshalb widersprichst du?

Laß uns hier anhalten –

Dreißig –

Wie?

Dreißig Fuß sind bezwungen.

Und wenn es dreiunddreißig wären.

Kleine Atempause, unterm Maßholder. Danke, daß du mich getreidelt hast. Ich mach mich los und reib mir mein Bein.

Bitte, teurer Lastkahn. Mit der Figur des Anhaltens wollte ich freilich schon meine argumentatio beginnen.

Oh – ich lausche.

Du leitest Zukunft aus der Gegenwart ab und rechnest in letztere die Größe Vergangenheit ein. So weit, so klug.

Und wie weit unklug? In Algebra bin ich ein Esel.

Bist du ein Esel, nimm einmal dich selber als Bild.

Holla –

Bekanntermaßen ist ein Esel ein geduldig, aber störrisch Tier. Berghänge erklimmt es mit Mann oder Mehlsack auf dem Rücken, mag aber jählings bocken und selbst durch Stockhiebe nicht zur Fortsetzung der Reise zu bewegen sein.

Willst du mich verhöhnen, Hardenberg.
Nie und nimmer. Mich reizt, den Grauen als Bild der Geschichte probezureiten.
Er wird dich bald abwerfen.
Eben. So wie wir täglich in Gefahr sind, aus der Geschichte herauszufallen, und lieber im Graben liegenbleiben, als oben auf holpriger Straße, Wind im Gesicht, den Progreß zu wagen.
Also?
Nenne es Trägheit, mäandernde Zeit oder Gottes Sorgfalt. Wäre die Historie der Menschheit linear verlaufen, sie wäre seit Jahrtausenden am Ende.
Daraus folgt?
Zunächst, daß du mit deiner Prophezeiung recht hast. Alsdann, daß du in der Datierung irrst. Es geht nicht um Langsamkeit, sondern um Schlingenbildung des Weges. Ich fürchte Stillstand, Starrsinn und eine harsche Restauration im neuen Jahrhundert.
Was sagst du da, Freund.
Ich las es euch auch schon anders, in Jena. *Wo keine Götter sind, walten Gespenster …* Hast du meine *Europa*-Rede vergessen?
Schlimmer. Ich hab sie nicht verstanden.
Um mich ist es nicht schade – um die Sache wohl, sofern ich mich im Ton vergriff.
An den Ton erinnere ich mich genau. Er war freudiger, als du mir heute scheinst, lieber Fritz. Du ludst uns ein in eine *friedenstiftende Loge …* Christus schien – oder schien es nur mir so – als Sonne über alle Politik …
Seltsam. Was uns da frösteln macht. Christus ist wahrlich die Sonne. Zu Johanni allemal, da auch ihr Abbild am Himmel den höchsten Bogen beschreibt. Der längste, der wärmste Tag –
Komm, laß uns aus dem Schatten heraustreten. Vielleicht fühlen wir's besser. Mir schwindelt, doch um die nächste Biege lahm ich frei.
Was schwächt uns denn, daß wir den Höhepunkt kaum ertragen. Des Jahres- und Lebenslaufes. Daß wir uns tapfer schinden, das Ziel vor Augen – und das Ziel unter den Sohlen zu zittern beginnen. Weißt du noch, letztes Jahr. Es war Juli – gegen Ende zu.

Der sechsundzwanzigste.

Die Farben matter, gleichsam müßiger. Morgens hatte es leicht geregnet. Zum Mittag hin, das Wetter nicht warm, nicht kalt, nicht wirklich Sommer. Windstille. Eine leise, lauernde Feuchte ... Wir waren glücklich.

Wir liebten. Unsere Frauen – und einander.

Du mir immer einen Schritt voran.

Vermählt, mein Malchen guter Hoffnung, du –

Verlobt. Was mittlerweile meines Lebens zweiter Aggregatzustand zu werden droht.

Bist du närrisch, Fritz. Übers Jahr, ich wette, fühlt Julchen ein Gestrampel unterm Herzen –

Amen, Ludwig. *Alle Ängstlichkeit kommt vom Teufel ...* Vom Wetten sieh ab. Was sollte ich auch als Pfand setzen – außer mich selbst.

Letztes Jahr ... nächstes Jahr ... Merkst du es, wir weichen abermals aus, sind nicht realiter hier, am lieblichsten Fleck der Welt, in einer doch erträglichen Gegenwart ... Merkst du, daß diesmal ich es merke.

Ja, wo sind wir.

Den Hügel halb hinauf –

Fünfundvierzig –

Wie?

Fuß.

Du Schlingel, machst mir gerade das Herz stocken und dann eine lange Nase.

Komm, Lu, du merkst es, ich merke es auch, daß wir in diesem Moment, vor diesem nackten Felsenzwickel, ein Schlangennest passieren – du erinnerst dich?

Warte – gewiß.

Scheinbar geht ein jeder heil daraus hervor. Du trittst mit dem Stiefel unsanft auf die schimmrige, längs gemaserte Haut, an welcher Stelle des Leibes auch immer – nichts geschieht. Da es sich um die bloßliegenden, wie im zu Tale Kriechen erstarrten Wurzeln eines Ahorn handelt. Pflanzlicher Gleichmut.

Wobei sie mir seinerzeit noch gleichmütiger schienen.

Ja, gebändigt unter der milchigen Hülle jenes Julinachmittags –

Hingegen Johanni, Täufers Fest, willst du jetzt sagen, mit seinem vom höchsten Sonnenstand glänzenden Licht treibt nicht nur die Farben bis zum Äußersten – das satte Blattgrün, das heitere Wiesengrün, worin du verschwinden wolltest, dieses zur Erde gesunkene Firmament an Blütensternen – sondern es bringt daneben in aller Schärfe zutage, was unser weiser Schuster aus Görlitz genannt hat: *die Grimmigkeit in der Natur …*

Wunderbar, Ludwig, du bist wieder ganz der alte, junge –

Sei du es auch.

Gib acht, der Nachbarbaum, rechts.

Der eschige –

– robustere, dessen Wurzeln –

– wogegen die des linken sich zierlicher ausnehmen –

– wie Echsen herabfahren.

Indessen, von einer mildtätigen Hexenfee ebenfalls in Stillstand versetzt.

Respektive, in einen Äonenfluß, den das menschliche Auge nicht mehr erfaßt.

Wie alles scheinbar Regungslose uns ewige Obhut suggeriert.

Bis wir selber steif sind, vor Kälte.

Heute nicht, Lieber.

Figur des Anhaltens, numero zwei.

Auf einer höheren, sprich numinoseren Stufe.

Wahrlich ein stolzes Baumpaar, mitten in Eden.

Laß uns näher beim linken verweilen, bitte.

Dort?

Ja.

Weil denn die Schlange, vergleichsweise, das heimeligere Reptil.

Seit Paradieses Zeiten.

Sieh, Herr! Da stehen wir.

Adam und Eva.

Vom Baum der Erkenntnis des Guten und Bösen haben wir freilich gegessen.

Bis zum Erbrechen.

Pst, Gott hört.

In solcher Betrachtung findet man zwei Qualitäten, eine gute und eine böse, die in dieser Welt in allen Kräften, in Sternen und Elementen, sowohl in allen Kreaturen ineinander sind wie ein Ding. Und bestehet auch keine Kreatur im Fleische in dem natürlichen Leben –

– sie habe denn beide Qualitäten an sich.

Das war nicht von uns, Gott!

Auch von Moses nicht.

Sondern vom *Jakob Böhm.*

Schau, die Schlange unter deinen Sohlen ist wahrhaft geduldig.

Sie ist zufrieden mit uns.

Wir haben gebissen, gekaut und heruntergeschluckt.

Uns die Lippen geleckt.

Und wieder ausgespien.

Nichts ist zu Ende erzählt. *Wenn alle Bäume Schreiber wären und alle Äste Schreibfedern und alle Berge Bücher …* Uns bliebe noch Stoff für tausend Jahre. Das Schicksal der Schlange zum Beispiel, nachdem sie so glänzend den Luzifer gab.

Im Moment sind wir Zeuge, daß sie nicht vertrieben ward.

Vertrieben nicht, aber geteilt. So wie ihre Zunge, als Sinnbild und äußeres Merkmal, gespalten ist. Einesteils darf sie hier oben weiter gleiten und schöntun. Anderenteils wurde sie in die Tiefe verbannt, zur Vollendung der Erdenschöpfung berufen. Denn zwar war das Feste frisch vom Flüssigen getrennt, aber selber noch weich und leicht … Die Formen werfen sich noch … Die Masse könnte ausschwärmen oder auffliegen … Gott der Herr muß die Schwere erschaffen. Die Gravitation jedes gerundeten Körpers in sich und der Erde als Ganzes. Soll sie als *Sphäroid* im Weltall bestehen, muß er ihr Pole setzen, Endpunkte einer Achse, um die sie sich dreht und beharrlich unter den Gewalten des Himmels vom Klumpen zur Kugel schleift.

Halt, halt –

Warte. Tauchen wir ins Erdinnere ein, um zum Ausgang zurückzufinden … Die Achse zwischen den Polen verläuft linear. Ist aber die Schwere erschaffen und etabliert – wo sonst, als im Reich der Masse – und so zur Schwester der Finsternis geworden, bleibt ein Sog der Mitte auf die Peripherie nicht aus. *Die Schwere ist ein allgemeiner, immanenter Magnetismus … Anziehung der beiden Pole nach innen …* Die Achse zwischen den magnetischen Polen verläuft gewunden. *Schlange der Schwere …* Hier hast du unser Reptil. Seinen Fluch und seine Erhöhung. Hüter einer Welt, die in nichts den geraden Weg nimmt.

Bester Fritz. Das ist von Mose, Goethe oder Böhme nicht, das stammt von dir.

Was wären wir ohne einander.

Falls du weiter dozierst – wie wäre es, wenn wir uns hier nebendran auf die Bank setzen.

Da müssen wir die Echsen überqueren.

Haben wir eigentlich vom Baum des Lebens gegessen.

Vom Leben gewiß. Schon vor dem Verbot. Vom ewigen Leben wurden wir beizeiten ausgeschlossen. Komm, großer Schritt –

– ins Abschüssige … Wie bringen wir übrigens jetzt unser Bild zu Ende, ich meine, den Nachbarbaum – des Lebens oder ewigen Lebens – mit seinen krokodiligen Wurzeln zusammen?

Nun, Panzer- oder Schuppenkriechtiere – paß auf – zählen zu den ältesten Ordnungen … Ihr Leben ist nicht ewig, aber jedes einzelne überlebt einen Menschen allemal.

Da sitzen wir. Hätten wir *Richtern zu uns*, Jean Paul, er täte uns eine schöne Phantasie darauf machen.

Ohne Zweifel.

Weißt du was, Fritz.

Was.

Mir ist, als wachte ich eben auf. Öffne die Augen. Wir haben gefaselt, vom Paradies. Und sind mittendrin. Unsere Seele ist uns zu Tinte geworden, die klecksen wir vor die Wirklichkeit. Kapuzen der Blindheit haben wir über die Köpfe gezogen, ob aus Leid oder aus Langeweile gewoben. Enttäuscht glaubte ich mich, am Leben, nach Erfüllung der Wünsche. Und bin doch nur getäuscht. Ein Lidschlag, und der Schleier fällt.

Dozieren willst du wohl nicht, eher predigen. Nur zu, Bruder Tieck. Du siehst, und ich höre.

Nein, schauen wir zusammen. Kopf hoch, Freund, Hals gereckt, Blick rechts Richtung Bachgrund, doch keine zehn Schritt uns zu Füßen, was steht dort.

Ein Rosenstrauch.

Rosenstrauch, lang-kurz-lang, ist das alles?

Wer eine Rose anschaut, betrachtet die Ehre Gottes ...

Beschreib sie.

Beginne du. Ich lande erst an.

Es war einmal ein Meer. Eines Morgens lag es trübe da, als eben die Sonne aufgehen wollte. Das Meer bekam einen silbernen Glanz, zum Horizont hin, wo schon die Sonnenscheibe aufstieg und dem silbrigen Wasser im Nu einen purpurroten Schimmer überwarf, wie einen kostbaren Schleier aus blut- und feuerfarbener Seide. Das Meer erglühte in Liebe und zog den Feuerschleier über seine Haut bis ans Ufer, es säumte ihn mit Perlen aus weißer Gischt, die auf dem schwarzen Sand hin und her rutschten, beweglich vom Liebesspiel. Wenig später stand die leuchtende Scheibe voll am Himmel, von der Haut des Meeres getrennt, und schwebte der Höhe zu, wo sie kleiner wurde und ihr Licht in den weißlichen Odem des Tages mischte. Auch über dem Wasser flirrte noch lange ein lichter Dunst, eine Hülle seliger Scham und Erinnerung.

Maschallah. Das war einmal lang, Ludwig.

Komm du zu kurz.

Kurz ist allein der Name.

Weißt du ihn?

Rosa centifolia, wenn ich nicht irre.

Wie solltest du. Centifolia, die hundertblättrige, aus dem Land der Troubadoure.

Weshalb du sie auch besingst.

Singen braucht die Besinnung. Während die Impression unmittelbar sich in Prosa entlädt.

Was eine üppige zweite Länge verheißt.

Die ich dir überlasse, Fritz.

Wie du meinst:

Du bist den Hang des Lebens halb hinangestiegen

Und blickst zurück: ein Rosenmeer zu Füßen,
Ein Busch, sein Holz verdeckt, die Blütenblätter liegen
Wie Wellen da, die ineinander fließen.
Das wogt und oszilliert in weiß und roten Tönen.
Dein Paradies mag keinen Meter messen,
Du tauchst – wie Tote sich ans Seligsein gewöhnen
Indem sie Erdenmuß und -maß vergessen.
Doch Rosen töten nicht. Sie duften bloß.
Nicht Laub und Dornen halten deinen Leib umschlungen,
In deine Kindheit bist du heimgesprungen.
War's eine Gegend, die so roch, war's Mutters Schoß?
Ein wundersüßer Hauch vom ersten Leben.
Was dich hier hält, ist deine Seele. Sie kann schweben –
Wie herrlich widerlegst du mich.
Nicht wirklich. Poesie, wenn sie taugt, braucht die Besinnung: nach dem Entwurf die Feinarbeit.
Oder Gott gibt sie ein.
Gott, würde ich sagen, fragt sie eher ab.
Ergo ein Genießer –
– mit geduldigen Ohren.
Fünfzig, apropos.
Wie?
Fuß über null.
Ach.
Wohlweislich wurde die Bank knapp über der Mitte der Mühen plaziert. So daß wir uns schon unterm Gipfel wähnen dürfen.
Gehen wir also.
Adieu, Centifolia.
Hier, rechts.
Fritz.
Ja.
Klettern wir schweigend.
Hm.
Auf Schlangenpfaden zum Schlippenberg.
Es plapperte die Klapperschlange …
Verzeih.

Schon gut, Ludwig.
Du schnaufst.
Per aspera ad astra.
Trotz Gicht zum Licht.
Komm. Kleiner Sprung.
Pause –
Sechzig.
Sei's drum.
Drüben Giebichenstein, der Turm.
Viel Laub, wenig Ferne.
Warte nur.
Kröllwitz, allenfalls.
Der Ochsenberg, in einer Astgabel.
Keine Saale.
Gleich.
Still, Fritz.
Da –
Es war die Nachtigall und nicht die Lerche –
Es geht auf Abend zu –
– im Morgenland.
Wieso.
Weil dort statt Romeo und Julie die Rose und die Nachtigall sich lieben.
Wie konnte ich's vergessen. Und mußt du mich dran erinnern.
Jetzt.
Schön, Ludwig.
Es ist eine einzelne.
Die zweite wird bald einfallen.
Nur daß ihr Thema nicht Liebe ist, sondern Krieg.
Weil es Männchen sind.
Die ihr Reich verteidigen.
Als ob dieser Ort der Welt nicht Reich für tausend Nachtigallen wäre.
Er ist es, Fritz. Du Glücklicher hast einen tiefen Schlaf. Nachts singen sie nicht, sie schlagen nicht, sie brüllen. In wahren Heerscharen.

Wovon ich in der Frühe noch eine Ahnung bekomme.
Wenn ich es bin, der schläft.
Es kommt eine Zeit, da schlafen wir nicht mehr.
Vor Sorgen? Oder wie Engel?
Letzteres.
Horch.
Die zweite.
Sorgende Engel vielleicht.
Ja.
Sind wir's nicht jetzt schon? Und schlafen doch.
Vor Schwäche.
Sag bloß. Und springst von Fleck zu Fleck wie ein Gamsbock.
Zuviel Ehre, Ludwig.
Pause –
Pardon. Atmen wir.
Im Sitzen, cher ami.
Voilà, ein Thron aus reinem Porphyr.
Fünfundsiebzig.
Es ist doch Liebe.
Wir? Oder die Vogelmännchen?
Verteidigung der Liebe.
Oder der Freiheit –
Frei zu lieben –
Beständig zu lieben. Ein Treueschwur.
Wie alle Schlachtgesänge, Tieck.
Du bist dir selbst nicht gut.
Die Wirklichkeit erkennen ist weder gut, weder schlecht.
Fritz.
Ja.
Laß uns bleiben, ein Weilchen. Es ist noch nicht alles gesagt. Was soll die Gipfelstürmerei. Die Wirklichkeit ist, daß einer von oben den Petersberg sieht – den wir uns hiernieden makellos vorstellen können. Weil wir ihn schon gesehen haben.
Und die Saale.
Auch die Saale. Sie schlingt und schlängelt sich durchs Tal, durch das Land, mit ihren Alt- und Nebenarmen, dagegen sind jene

Wurzeln, welche wir nach Bibel und Babel ausgezogen haben, ein Gewürm. Sie wässert auch unseren Berg, der eine von ihr geschaffene schöne Skulptur ist. Komm, ich rücke zur Seite. Tiecks Thron aus Porphyr bietet auch einem Novalis Platz.

Du steigst nicht, aber du steigerst dich, Ludwig.

Ein tröstliches Lob.

Indem ich mich setze, erliege ich dir. Denn du verleitest mich zur Behaglichkeit. Ein Wesenszug, der mir fremd ist.

Nimm es anders. Nicht mir erliegst du, sondern der Natur. Die uns in ein Netz aus Laub und Farben einspinnt und heute vor die Fernsicht die Einkehr setzt.

Weshalb ich über und über grün werden wollte, mein Lieber.

Ja, so –

Jetzt haben wir uns verstanden.

Fredericus.

Ludovicus.

Nichts da, grün. Sieh einmal ins Blaue, nicht gen Himmel, aber schräg in Richtung Gutshaus hinunter. Neben der Wegkehre – wir sind dran vorbeigestieselt.

Eisenhut.

Und? Sprich weiter. Ich bin ungeduldig –

– ob ich sage: Das ist sie, die blaue Blume. Eisenhut, Sturmhut, wahrlich ein Wunder Gottes, wie aus luftig gefiedertem Blattwerk ein Trupp in tiefblaue Panzer und Helme gezwängte winzige Ritter herausquillt und reglos verharrt, al pari mit dem Sonnenlicht. Welches es seinerseits bei metallischem Glanz, auf ihre Rüstung geworfen, bewenden läßt.

Also nicht.

Ich weiß, in Giebichenstein geht ein Gerücht – nachdem wir letzten Juli den Eisenhut bei Tische hochleben ließen und du aus dem Anfang meines Ofterdingen jüngst ein wenig zitiert haben mußt.

Durfte ich nicht? Du hast uns die Stelle vorgelesen, diesen Frühling in Jena: *Die Blütenblätter zeigten einen blauen ausgebreiteten Kragen, in welchem ein zartes Gesicht schwebte …*

Siehst du. Keinen Helm. Einen Kragen. Kein Tiefblau, sondern –

– *eine hohe lichtblaue Blume …* Eine Chiffre im immerwährenden

Julischen Kalender ... Das Gerücht, bester Fritz, stammt nicht von mir.

Es schadet auch nicht. Sagen haben lange Beine. Der Kyffhäuser ist nicht weit, und wer weiß, ob ein Reichardt nicht einst neben Rotbart Barbarossa unten im Berg sitzt, Weisheiten tauschend.

Wenn er das hören würde!

In der Sage geht die Blume verloren. Auch meine Blume sprießt nicht auf Erden, noch weniger auf dem Mars. Sie ist ein eigener Planet, den Seligen vorbehalten. Mein Blau ist die Farbe des Himmels.

Seltsam –

Inwiefern?

Wir sind jung, Hardenberg. Du achtundzwanzig, ich ein Jahr jünger. Aber wir hocken hier, wie alte Männer, müde Gesellen. Mir zwickt das Knie, dir fliegt der Geist auf und die Seele davon, du winkst ihr schwermütig hinterher. Aber ich will dir nicht folgen.

Ich will mir selbst nicht folgen.

Es gibt noch soviel zu tun auf dem Stern, den wir unter den Füßen haben.

Wem sagst du das.

Horch einmal!

Die Nachtigallen?

Da ist noch eine andere Stimme.

Warte. Die Grillen meinst du wohl nicht. Ja, jetzt!

Nun?

Mademoiselle Louise, Reichardts Älteste.

Sie singt wie ein Engel. Sie versteht etwas von deinem Planeten.

Sie singt wie Mutter Erde. Warm und einfach.

Was uns nebenbei ein Konzert verheißt. Das Mahl im Saal, die Serenade auf der Terrasse ...

Still ...

Keine Bange ...

Ein Ton, nicht eben die Posaune Jerichos ...

Der Kutscher übt Waldhorn.

Sackerlot.

Fanfare des neuen Gesellschaftsvertrags, mit rührenden Ausrutschern.

Vive la république du paradis.

Die Eichhörnchen stört's nicht. Überhaupt die Tiere, die sich hier tummeln dürfen, die zwar allerlei Gesumm und Geschmetter von Zweibeinern zu gewärtigen haben, aber nie eine Kugel. Alldieweil der Gnädige Herr selbst das Tragen von Flinten, Armbrüsten und so fort im Park untersagt. Drum blas zu, Kutscher. Bleib draußen, Jäger.

Vive le jardin de la paix.

Die Sonne steht noch hoch, Fritz, diesseits des Flusses. Sie scheint uns nicht in die Augen. Die Hauswirtschaft drunten läßt sich davon nicht täuschen. Für sie geht der Tag schon zur Rüste. Die Pendeluhr knackt ihren Takt.

Mir ist, als seh ich eine deiner Nichten gebückt im Krautgarten.

Bevor sie alle zu Gesangsgöttinnen aufsteigen, durchlaufen sie den Grad der Küchenfee. Ich sag dir eine Überraschung voraus, womit ich keine Salatschüssel meine, nicht Rauke, Rapunzel, Melisse, eher Melismen –

Nun? Was orakelst du?

Lieder, von dir und von mir. Komponiert von Louise, dargebracht vom Reichardtschen Töchterchor en bloc. Der Vater, stolzgeschwellt, verdrückt eine Träne –

Welche Gunst, Ludwig!

Die schwächliche Sohnespartei brummt Beifall, währenddes meine holde Schwägerin ihre vollen Lippen bewegt und in die weichen Hände klatscht, was beides bei ihr nie einen Laut hervorbringt –

Du bist garstig, Tieck. Malst uns das trauteste Genrebild, postierst uns darin an herausgehobener Stelle, aber alles in giftigen Tönen. Als sentimentalen Spötter kenn ich dich nicht. Was hat dich so verändert? Und warum?

Ja, was, ist die Frage. Und wenn es Neid ist.

Neid, Ludwig?

Nun entrüste dich nicht. Kommt es doch vor, daß ein und dieselbe Ursache zweierlei Wirkungen zeitigt. Daß Ironie und Wehmut zwei Triebe aus einer Wurzel wären.

Ich bin nichts als verblüfft.

Weil du über die ganze Welt nachdenkst, nur über dich selbst nicht. Diese Art Selbstlosigkeit gehört nicht zu meinen Talenten.

Ach, wüßtest du.

Wir sind Irrwische. Derwische. Pérégrins. Selbst von einem stoppeligen Felsklotz rutschen wir unaufhaltsam herunter. Ich flüchte in den Spott. Du zu Gott.

Der Reim beweist noch nichts.

Vielleicht ist das ein Grund für unsere Mattigkeit, die wir einstweilen nur selber an uns bemerken: Die schöne Idylle mag unsere Zukunft am heutigen Abend sein. Aber nicht darüber hinaus. Du fürchtest es nur und schämst dich für deinen Kleinmut. Da doch ein Teil deiner Seele keinen Reichardtschen, sondern längst Gottes Garten bewohnt. Ich blicke meiner Parze nüchtern ins Auge. Sie hält mich am langen Faden.

Vergiß deine junge Familie nicht! Die wiederum, dank Blutesbanden, Teil der Reichardtschen Sippe ist. Nicht bloß heute nacht.

Der Fluch betrifft mich, nicht meine Familie. Ich ziehe sie mit hinein.

Und wolltest mich noch erheitern. Von wegen Gestrampel unterm Herzen ... In was ziehe ich Julie hinein.

Aus was löst Julie dich heraus.

Mein Bester ... Jetzt bist du mir wieder näher als meine Halsschlagader.

Aus der Verlorenheit. Womöglich blaut Heinrichs Blume doch nicht am Himmel, sondern schlicht im Berg. Getreu der Überlieferung. Hier, unter uns.

Wenn es so ist, wird der Bergmann sie finden.

Glück auf –

– Und das Waldhorn, apropos?

Fällt ein, wenn die Glastüren des Gartensaales aufgetan werden, der Gesang vom unsrigen zu alten, wohlbekannten Weisen übergeht und die Tafelrunde gesättigt sich nach draußen in den Schatten der Tannenrunde verfügt ... Wo es die Wiese sanft zum Bachbett hinabzieht, mit der goldbeschienenen Kulisse des Weinbergs dahinter, und ein Tanzbein sich allenfalls im Grase verfängt ...

Genug! Wonne genug für eine Abendzukunft.
Schwere genug – für einen leichten Abgang.
Mit dem Gold wird es trotzdem hapern. Der Himmel bezieht sich.
  Glasiger Zirrus …

NOVALIS, AUS DEN TAGEBUCHAUFZEICHNUNGEN

Den 25sten Junius 1800.

Heftige Gewitter und andre Unterbrechungen des bürgerlichen Lebens sind poetische Irruptionen, und Heilkräfte des einschlummernden Lebensgenusses.

FRIEDRICH SCHLEIERMACHER
AN FRIEDRICH SCHLEGEL IN WEIMAR

(Berlin,) *Donnerstag, den 10. Juli 1800*

So eben komme ich von Bernhardi, der mir zu meinem großen Erstaunen sagt, Tieck hätte noch zuletzt an mich bestellt, daß ich bei der Correktur des Heinrich von Ofterdingen die Orthographie durchaus beobachten sollte ... Nun weiß ich gar nicht ein Sterbenswort davon daß ich diese Correktur machen soll, und was noch mehr ist ich kann es auch nicht. Es thut mir sehr leid daß ich Hardenberg diese erste Gefälligkeit nicht erweisen kann ...

DAS SALINENDIREKTORIUM AN DEN BAUKONDUKTEUR JOHANN ANDREAS BISCHOFF IN DÜRRENBERG

Dürrenberg, den 7. Octobr. 1800.

Da bisher immer über die Soolen-Bestände Zweifel eingetreten sind, so haben wir solche bey unsern letzten Aufenthalte auf der Saline Dürrenberg berichtiget, und den Bestand der Soole festgesetzt.
Da es hauptsächlich hierbey darauf ankommt, daß keine Soole im Bestande aufgeführt wird, die nicht rein in die Kote ablaufen kann, so muß das Meßen der Soole genau darnach eingerichtet werden, und am Schluß des Monats müssen Sie das Meßen der Soole mit abwarten, und die Bestände nach den verschiedenen Reservoirs jedesmahl attestiren.

Hardenberg (sen.) *Heun* *Senff* *Hardenberg* (jun.)

V
BATZDORF BEI MEISSEN TOTENHÄUSCHEN

14. Oktober 1800

EINS

Agner hatte ihn erwartet.

Morgens war der Bediente heraufgekommen, der die Billets zwischen den Schlössern besorgt, Siebeneichen-Batzdorf, Gutsherr von Miltitz an seinen Pächter Agner, und retour. Bester Agner … Edler Herr …

Jetzt, am frühen Nachmittag, hatten Hufgeräusche den Gast angezeigt, kein Klappern, sondern das leise Schwingen des Bodens, wenn der Reiter aus der Schlucht des Riemsdorfer Wassers in den Sandweg hinter der Umfriedungsmauer einbiegt und das Pferd mit den Hufen die trockene Erde traktiert wie eine Glocke.

Neben dem Pächter stand ein Knecht in der Toreinfahrt, der wartete, bis Hardenberg absaß. Dann nahm er das Pferd beim Zügel und führte es davon Richtung Stall.

Agner hielt Hardenberg die offenen Hände entgegen. Hardenberg legte seine Unterarme hinein und umfaßte die Agners an den Ellenbeugen.

Wie war der Weg.

Angenehm. Ein klarer Tag.

Kommen Sie. Ein frischer Trunk ist das mindeste, was Batzdorf zu bieten hat.

Hardenberg blinzelte und neigte verlegen den Kopf zur Seite. Wenn es recht ist – möchte ich gleich hinauf. Nicht daß ich vor Erreichen meines Belvedere noch müde werde.

Agner warf einen kurzen Blick auf den Gast und nickte. Hardenberg sah den Korb am Arm des Mannes, noch ehe dieser sich umwandte, zum Haupthaus ging, es betrat und mit dem vertrauten Behältnis wieder daraus hervorkam.

Ich hätte bleiben sollen, dachte Hardenberg. Hier spielt der Himmel einen guten Geist mit aufgestelltem Kragen. Droben vielleicht einen Richter mit zuckendem Adamsapfel. Aber zum Lachen war ihm nicht.

Sie schritten hintereinander, Agner voran. Pflaumengarten, später den alten Weinberg links liegengelassen. Die Wiese noch saftig, hier und da welkes Johanniskraut, braune Zackenfiguren im Grün. Rechts eine längere Reihe Kirschbäume. Bei einem blieb Hardenberg stehen. In Schulterhöhe war ein Stück Rinde abgeplatzt, etwa eine Heftseite groß, das Holz darunter in waagerechten Falten geschrumpelt. Ein Hymnenfragment, das außer mir keiner liest. Und auch ich kann es nicht entziffern. *So ist uns alles eine große Schrift, wozu wir den Schlüssel haben, und nichts kommt uns unerwartet ... weil keine Fieberträume uns ängstigen und helle Besonnenheit uns zuversichtlich und ruhig macht ...*

Agner hielt an, als er den Gast nicht mehr folgen hörte, und kehrte die kurze Strecke zu ihm zurück. Er nahm ihm mit der freien Hand den Reitsack ab. Hardenberg ließ es geschehen. Dann liefen sie wieder, im gleichen Rhythmus der Schritte. Die Wiese entlang der Baumreihe von abgefallenen Kirschblättern kupfrig gefleckt. Wo sie endet, beginnt die Leite zum Elbhang hinauf. Das gemauerte Weinbergstor, nutzlos geworden, seiner Pfortenflügel verlustig, schien nur mehr zum Eintritt in eine heilige Zone zu laden.

Ein Pfad durch dichten Busch. Der Boden heute hart unter den Sohlen. Bei nassem Wetter kann einer hier ins Rutschen geraten. Eichen, Hainbuchen, zur Pfadseite hin gestutztes, dahinter verwildertes Gesträuch. Bis man bei den Linden herauskommt, ein knappes Stück Weg, kein Grund zu schnaufen. Die Farbe des Laubs war erst matt geworden, das Licht schien hindurch, die Flammenpracht brauchte noch Zeit.

Da, das Totenhäuschen, vor dem Plan eines offenen, wolkenlosen, dabei bleichen Himmels, von der Schornsteinhaube auf der Dachspitze bis zu den Grundmauern herunter scharf in die Luft geschnitten. Dem Wanderer, der an dieser Stelle kaum mit dem Scheitel die Höhe der Eingangsschwelle erreicht hat, fliegt die Sehnsucht davon. Ist er ahnungslos, darf er sich an der Grenze zum Jenseits, zu einer Schönheit ohne alle irdischen Formen wähnen. Wer sich dagegen erinnert, dem liegen Elbtal und geschwungene Aue, drüben der rötliche Riegel des Spaar-Gebirges, so nahe, als striche er mit den Händen darüber.

Klause – oder Kemenate? Hardenberg, halb vergnügt halb wehmütig, entschied, daß das Bauwerk der Form nach einen Turm zu Gott, jedoch in Anbetracht seines rosafarbenen Putzes, dem die hellblauen Klappläden der Fenster wie Flügelchen anhafteten, ein Liebesnest darstelle.

Im Hochgefühl über den Anblick wich Hardenberg vom Wege ab und trat links auf das Rasenstück, das sich gemäht und gerecht bis zum Eingang hinaufzog. Zwei Reihen frisch gepflanzter Linden faßten es ein, in spitzem Winkel aufeinander zulaufend, als sollten sie eine Allee vortäuschen, an deren Ende das Ziel rosig hervorblinkt – ein hübscher Kitzel der Phantasie. Hardenberg lächelte, sein Ziel lag zum Greifen nah. Er sprang zum Weg zurück, kreuzte ihn und schlurfte auf der anderen Seite andächtig durchs Gras, der linke Fuß unter dem rechten, denn hier macht der Hang einen Buckel, bevor er zu den Batzdorfer Obstgärten abfällt. Agner ist stehengeblieben und lacht freundlich, das Gepäck hat er abgesetzt und läßt sich den Atem schmecken. Der Rasen so sauber wie drüben im Lindenzwickel, bloß da und dort uneben, mitten in der mattgrünen Fläche ein lila schimmernder Punkt. Eine Herbstzeitlose, wenn du näher trittst. Nein, zwei. Die eine stramm auf ihrem Röhrenstiel, die andere umgeknickt. Wenn du davorstehst, zeigt die aufrechte am Grund des Blütenkelchs ihre gelben Staubgefäße, Met und Nektar abscheidend – wehe, todgiftig.

Agner winkt und Hardenberg rappelt sich, die letzte Steigung meistert sich allein.

Bei der Eingangstür angelangt, nahm Hardenberg den Reitsack wieder an sich. Agner sperrte auf, ging hinein und stellte den Korb auf den Tisch im Vorraum. Zurück im Türrahmen, befreite er den Ankömmling ein weiteres Mal von seiner Last, die schwerer am Arm wog, als man ihr ansah. Es waren wohl Bücher dabei. Bücher – für eine Nacht?

Hardenberg trat über die Schwelle.

Wie schön! Ihr habt den Wandbewurf erneuert!

Kommen Sie, in den Grottensaal!

Damit öffnete Agner die Tür zum Nachbarraum, um den Gast vorangehen zu lassen, doch dieser verfiel in Gedanken. Sein Blick blieb rechts am Schürloch des Ofens hängen. Die Klappe stand offen. Drinnen Reiser und Scheite locker geschichtet, Kohlen zuoberst, außen davor ein Vorrat in einem Trog. Räumeisen und Zange säuberlich auf dem Bodenblech.

Das Haus ein Tempel. Sein Allerheiligstes der Ofen. Von vorn oder hinten befeuert, spendet er Hitze nach allen Seiten. Auch in die Höhe: indem die Esse den glühheißen Rauch nach oben fortleitet und immer noch warm in die Runde strahlt, abnehmend bis zum Dach ... Eine wohlfeile Erkenntnis, die allein eine enge Behausung, stellvertretend für die kosmische, gewährt. Ist der Erdkern fest, die Erdachse feurig?

Agner: Ich will augenblicks heizen! Ein Funke, und Sie werden es prasseln hören!

Nicht doch! Sollte mich nachher frieren, will ich es selber tun.

Hardenberg trat in den Saal. Alles reinlich. War etwas neu? Die Wandfarbe schimmerte, die Rippen des Sterngewölbes schienen akkurater nachgezogen, ein zierliches Liniengespinst. Aber der Raum unverändert. Blei und Butzenglas dämpften das Licht, das durch die vertrauten Stichbogenfenster, vier mal zwei an der Zahl, von Westen, Norden und Osten hereinströmte. In der Mitte der mächtige Holztisch mit weiß gescheuerter Platte, darauf einige Gläser, spärliches Geschirr, Besteck. Hölzerne Armstühle, kissenbelegt, luden zum Sitzen, wo nicht zum Mahle.

Nicht jetzt. Hardenberg eilte zu einem der Fenster, klinkte es auf und streckte den Kopf hinaus, wohl wissend, die diesseitige Flußpartie wäre durch Eichenwipfel verdeckt. Freier Ausblick erwartete ihn erst oben. Das Zeilengewirr am Hang gegenüber, niedrige Mäuerchen, mit denen die Weingärten eingefaßt waren, stimmte ihn heiter. Paradoxon: nach Norden auf ein südliches Gelände zu schauen. Eine tröstliche Welt – die dem um so klarer erscheint, der nicht in ihr weilt.

Wollen wir gleich hinaufgehen?

Hardenberg schüttelte den Kopf.

Während er weiter ins Land sah, packte Agner den Korb aus, Proviant für den Gast. Er richtete ihn auf dem Holztisch an, ließ einen Rest auf jenem im Vorraum liegen und bedeckte ihn mit einem Tuch.

Hardenberg schloß das Fenster bis auf einen Spalt. Sie speisen mit mir?

Diesmal bin ich es, der fort will. Das Tageslicht nimmt ab, die Arbeit nicht. Aber warten Sie.

Hardenberg hörte Agner die Stufen des Wendelsteins hinunterlaufen, zur Kammer unter der Treppe. Wieder im Saal, trug er behutsam einen bauchigen Krug vor sich her, rückte mit der freien Hand zwei Gläser zurecht und füllte sie mit einer gelb blinkenden Flüssigkeit.

Wein ohne Worte, mein Freund. Meißner Traminer!

Sie schauten einander an, tranken und stellten die leeren Gläser auf der Tischplatte ab.

Hardenberg begleitete Agner hinaus. Agner griff den Korb, trat vor Hardenberg ins Freie, wandte sich noch einmal um und kniff die Augenlider zusammen.

Zwei Kannen Wasser stehen bereit. Brauchen Sie mehr, so finden Sie die Quelle. Apropos, auch der obere Ofen kann angebrannt werden. Feuerzeug am Platz. Pünktlich zum Morgenkaffee bin ich zurück.

Dann lief er mit langen Schritten bergab, ein letzter Satz, etwas wie Gott schütze Sie!, war schon zu den Bäumen gesprochen.

Es vergeht eine Zeit, bis der Gast, zum Hausherrn geworden, wieder hineingeht und sein Quartier in Besitz nimmt.

ZWEI

Wie Hardenberg die nächsten Momente verbrachte, wußte er am anderen Morgen nicht mehr zu sagen. Eine unverzeihliche Mattigkeit hatte ihn befallen, doch der Reiseeifer, der noch in ihm steckte, hob und drehte ihn bis auf die halbe Höhe der Treppe zum oberen Stockwerk hinauf. Über die restlichen Stufen trug ihn die Vorfreude. Die Tür stand offen. Keinen Blick auf sein Lager geworfen, das an der Wand gegenüber bereitet war. In den Saal und ans Fenster geeilt.

Still, nichts gedacht. Wie der rote Granit auf mich zurückt. Wie ein Halseisen. Wie der Horizont darüber einen feinen Strich durch die Bläue zieht, auf dem Engel tanzen, wie auf einem Seil.

Er schaute hinter sich in den Raum. Auch hier stand ein Tisch. Platz für Bücher, Schreibzeug. Ein einzelner Stuhl auf der Ofenseite. Eine Bank, zur Ablage. Ablage, für was. Für Sachen, die sich noch unten in seinem Reitsack befanden. Er mußte wieder hinunter.

Abwärts gleitet es sich leicht. Unten jedoch zog es ihn nicht zu seinem Gepäck, sondern abermals in den Grottensaal, wo er sich auf einen der Armstühle, mit Blick nach draußen über Baumkronen hinweg in den freien Himmel, am Holztisch niedersetzte. Dort stand noch der Krug, gut halb mit Wein gefüllt, schwer in der Hand. Hardenberg schenkte sein Glas fast randvoll, stellte den Krug ab, setzte es aber nicht an den Mund. Es galt, seiner Begleiterin in die Augen zu schauen, jener feindlichen Freundin, die sich in sein Leben gemischt hatte, namens Schwäche.

Schickt dich Gott, willkommen. Willst du mich prüfen, so biete ich dir *die männlichste Entschlossenheit*. Bist du ein Dämon, selbst dann bleib. *Ein Dämon, der erscheinen kann – wirklich erscheinen – muß ein guter Geist sein.* Bist du ein Dschinn, fahr aus!

Ob solcher Trinksprüche hörte Hardenberg sich selber hell auflachen, das erste Mal diesen Tag. Er trank und wanderte mit den Augen, während er den Kopf in den Nacken bog, die Zeichnung des Gewölbes ab: zwei Vierersterne, jeder mit einem Quadrat diagonal unterlegt, was zweimal acht Zacken ergibt – wobei die, vom Betrachter gesehen, innersten Zacken beider Sterne einander zu einem winzigen achtstrahlig gerippten Stern überdecken. Zwei-vier-acht, ein wehrhaftes Muster. Haltung angenommen, Hardenberg.

Etwas essen. Oder später. Eine Kleinigkeit, daß der Wein nicht zu Kopfe steigt. Da liegt ein frisches helles Brot. Hardenberg bricht es mit beiden Händen in zwei ungleiche Stücke, beißt in das kleinere hinein. Er schält einen Apfel, schneidet von der Wurst ein paar Scheiben ab, auch vom Käse. Alles im Kreis auf einen Teller gelegt, in die Zwischenräume getrocknete Weinbeeren. Ein Anschein von gesitteter Mahlzeit, rasch wieder vergessen. Hardenberg nimmt einen Schluck, noch einen, klaubt Brocken vom Brotkanten, steckt dies oder das in den Mund. Das Glas geleert, nicht nachgeschenkt. Genug.

Als er aufstand, schwindelte ihn ein wenig. Im Vorraum hob er eine der beiden Kannen hoch und ließ Wasser wie einen Quellstrahl in seine Kehle laufen.

Trägt der Wein die Kanne, trägt er auch den Reitsack. Kreiselt Atlas, die Welt auf den Schultern, den Wendelstein aufwärts – ungesäumt hinan.

Den Sack vor der Bettstatt abgeworfen, wo quer zum Kopfende eine niedrige Truhe plaziert war, um Mitgebrachtes darin zu verwahren. Hardenberg setzte sich selber darauf, beugte sich vor, machte den Riemen des ledernen Beutels los und leerte dessen Inhalt auf die Flechtmatte, die den nackten Ziegelsteinfußboden neben dem Schlafplatz bedeckte. Das Geschäft benahm ihm den Atem. Er richtete sich hastig auf, holte Luft und besah wie von oben, im Schreck durch das eigene Hinterhaupt aus dem Körper entwichen, die Szene dieses kurzen Lebensmoments: den schlichten Raum, die verstreuten Habseligkeiten rings um seine Stiefel, welche, heilige Zerfahrenheit, noch an seinen Füßen steckten. Vor dem rechten ein Stapel Bücher, obenauf Blätter blankes Papier. Links das Lager. Auf dem Holzpodest die dicke Matratze, Bettücher, Kissen, weich und nach Wäsche duftend.

Eine Ecke des Federbetts aufgeschlagen. Nichts regte sich. Nur sein in der Mitte gescheiteltes Haar schien eins nach dem anderen auszufallen, auch die Kopfhaut schilferte ab, bis endlich der kahle rundliche Hügel des Schädels übrigblieb. Die Zeit setzte vollends aus. Als sie weiterlief, hatte Hardenberg mit beiden Händen Bücher und Papier gepackt und stand, die Knie aneinandergepreßt.

Als nächstes galt es zu balancieren, zur Saaltür, über die Schwelle, zum Tisch. Er legte die Bücher im Halbkreis um das leere Papier, zärtlich, wie Blumen um den Platz eines Geburtstagskindes. Noch nicht niedergesetzt. Zur Fensterfront gegenüber mehr geschwebt als geschlichen. Das äußerste linke weit geöffnet.

Die Enden des Halseisens hatten sich herumgebogen, von ihm weg. Der Höhenzug erhob sich wie ein mächtiger Wall aus der Aue, das Schloß, das er schützte, zum Greifen nah, zum Sterben weit fort. Zwar schienen die Weinberge wie Stufen hinaufzuführen, doch in den oberen Lagen überwuchs sie ein schwarzgrünes Dickicht. Darüber die Umrisse des Palastes nur mehr zu ahnen. Lichtblaue Türme, silbrige Zinnen, rosige Balkons. Ein Luftschloß, von Wetter und Tagesstunde gestiftet, nein, mir zuliebe sichtbar gemacht. Denn was meine gewöhnlichen Augen erkennen, ist einzig der Horizont. Horizonte sind indifferent, sie schenken auch dem Abraum eine Silhouette. Was ich aber sehe, ist stilles, überschäumendes Leben. Danke, ihr Tänzer – die ihr wohl schlafen gegangen seid.

Ist denn schon Abend? Hardenberg nestelte die Taschenuhr heraus und vergewisserte sich, daß wir noch kräftigen Nachmittag haben. Allerdings, in einer Stunde dämmerte es und in zweien ginge neben Meißen die Sonne unter. Eine Hast befiel ihn, er schloß das Fenster und eilte zurück zum Tisch.

Dann wieder führte er jede Bewegung mit äußerster Langsamkeit aus. Er setzte sich, zog mit beiden Händen den Stuhl näher zur Tischkante, berührte Bücher, Papier, Schreibzeug. Er nahm den Federhalter, hielt ihn über das Tintenfaß, wollte eintauchen, legte ihn aber zur Seite. Er wandte sich erneut dem Kranz der Bücher zu, hob jedes einzelne an, öffnete es und studierte die Titelei. Am

Ende der feierlichen Handlung lagen nur noch drei Bände, die Deckel geschlossen, auf der Tischplatte, die übrigen nebeneinander auf der Ablagebank.

Herr Gott! schrie Hardenberg. Er war aufgesprungen, sank zurück auf den Sitz und widmete sich seinen Papieren, wie wenn nichts gewesen wäre.

Das heißt, er wollte die Bibel aufschlagen, das mittlere und dickste der auf dem Tisch verbliebenen Druckwerke, gerade vor ihm. Doch dünkte es ihm vermessen, im Augenblick der Anfechtung sich just das Heiligste zum eigenen Troste genug sein zu lassen – so, als vergriffe er sich daran. Gleich darauf war er sich gram ob des verqueren Zweifels. Ist die Heilige Schrift nicht dazu geschaffen worden, unsere Angst zu besänftigen? Wer sich minderwertig fühlt, setzt das Ebenbild Gottes herab.

Er streckte also die linke Hand vor, löste die Schließe, die den Einband zusammenhielt, und wendete um: von den Büchern Mose, Königen, Hiob, großen und kleinen Propheten voran bis zum Neuen Testament und weiter zum Evangelium Johannis, jedoch vor Erreichen der Stelle, die Angst betreffend, ließ er die Seiten zurückblättern bis zum Anfang. Den Deckel drückte er sachte an. Ich weiß es doch auswendig, dachte er. Mit der Rechten hielt er sein Herz, das heftig gegen seinen Handteller schlug.

Etwas singen. Das Herz befreien. Arme gebreitet, tief atmen. Die Hände weggereckt bis hinter die Schultern. Die rechte wieder sinken lassen, um im Gesangbuch zu fingern, das nahe der Tischkante wartete. Welches Lied. Ein freudiges, nicht doch. Wehmütiges, bewahre. Geduldiges, auch nicht.

Es war totenstill im Saal. Durch die geschlossenen Fenster drangen weder Tiergeräusche noch das ewig leise Wischen des Flusses.

Ist nicht die Welt voller Musik? Die Erde eine Drehleier im Weltenraum, von Cherubim am Klingen gehalten, ein dunkler, schnarrender, inständiger Ton – begleitet von den helleren Stimmen der über den Himmel ziehenden Planeten – Sitzen wir in der Nähe von Pauken und Triangeln, was unsere Gegenstandswelt ausmacht, die selten so schweigen wie hier, in diesem Moment – Wäre das wackere Halleluja, das meine Kehle hervorbringt, nachgerade ein Mißton – wie wenn mitten im Konzert jemand im Publikum zu krakeelen anfinge. Ist das eigentliche Singen ein Hören – und selbst das Sprechen potenzierte Stille?

Unfug. Warum singe ich nicht einfach. Weil kein Kehlkopf zum Grübeln taugt.

Hardenberg streichelte das Gesangbuch, nahm es auf, legte es auf die Bank.

Waren auf dem Tisch zwei Bücher verblieben, eins davon abgetan.

Etwas lesen. Was will einer lesen. Was uns so nahekommt, als hätten wir es geschrieben. Oder was wir geschrieben haben: damit es etwas gebe, was uns ernstlich nahekommt. Oder das, was ein naher Freund verfaßt hat, mit der gleichen Begründung.

Hardenberg hatte den Band zur Linken zu sich herangezogen, den ärmlichsten, keine zweihundert Seiten, broschiert. *Athenäum, Dritten Bandes Zweites Stück*. Er stach mit dem Daumennagel zwischen die Seiten, traf nicht den eigenen Text, dafür den vorangestellten. Friedrich Schlegel, *Gespräch über die Poesie*. Nichts lieber als das. Er las sich fest.

DREI

Über Goethe. Seine Universalität. Die drei Perioden seines Werkes, bei noch nicht geendigter Laufbahn. Der Ungestüm im *Götz von Berlichingen*. Das Idealische des *Tasso*. Die Reife von *Hermann und Dorothea*, der ruhige weiche Ton. Wie im Bruchstück des *Faust* die drei sich durchdringen. Anders auch bei *Wilhelm Meister*, die Harmonie des Klassischen und des Romantischen ... Gut, Goethe. Gediegen, Schlegel ... Weiter disputiert: über die Organe der Poesie, über die Zukunft, wenn der Geist der Physik Mysterien und Mythologie verjüngt haben wird ... Bravo, mein lieber Freund! So hab ich selber sagen wollen. Wie kommt es aber, daß es nun nichts mehr mit mir zu tun hat? Wo seid ihr? Wo bin ich hingeraten? Einzig dein Schluß fährt mir noch in die Knochen. Daß die Fabel von Apollo und dem geschundenen Marsyas immer an der Zeit sei in der Literatur. Wohl auch als Fluch der Literaten? Welchem von beiden leiht der Poet seine Existenz? Apoll, dem Erhobenen, schön Singenden, der die Hände noch frei hat, um die Harfe zu schlagen? Oder Marsyas – Satyr, meisterlich flötend mit entstelltem Mund und wuselnden Fingern, der den Wettstreit verliert und dem sie die Haut abziehen? Beiden! hör ich uns unisono rufen. Woraus folgt – nach umständlichen Darlegungen, die unser Gemeinsinn nicht nötig hat – daß in uns auch der Gott gehäutet und der Schrat gekrönt wird, fortwährend, zur gleichen Zeit. Woraus sich, nach etlichen Schritten, die Gleichung von Liebe und Tod ergibt.

Das führt – bis zu Christus.

Weit und ermüdend ward mir die Wallfahrt ...

Beim gedankenversunkenen Weiterwenden der Seiten strich Hardenbergs Hand bereits über Sätze und Absätze, die aus seiner Feder stammten. Er hielt erschrocken inne, wie einer, der in einem kürzlich in der eigenen Stube aufgehängten Spiegel sein Gesicht entdeckt.

Bin – oder war – ich es denn – Novalis. Ich, das mein Ich gesetzt hat. Beide Subjekt. Beide Objekt. Bin ich am Ort, wo Polares sich aufhebt, Geschaffenes und Schaffendes ineinander mündet.

Die kristallene Woge, die gemeinen Sinnen unvernehmlich in des Hügels dunklem Schoß quillt, an dessen Fuß die irdische Flut bricht …

Wunderlicher luftiger Ort –

Wer sie gekostet, wer oben stand auf dem Grenzgebirge der Welt, und wer hinübersah in das neue Land, in der Nacht Wohnsitz …

Ort meiner bloß von körperlosen Gefährten geteilten Biographie.

Wahrlich, der kehrt nicht in das Treiben der Welt zurück, in das Land, wo das Licht in ewiger Unruh hauset.

Schreibe ich das, indem ich es lese. Wurde es nach der Zukunft gedruckt.

Oben baut er sich Hütten, Hütten des Friedens …

Soll der Friede ewig, wird die Gestalt ephemer sein.

Schaut hinüber, bis die willkommenste aller Stunden hinunter ihn in den Brunnen der Quelle zieht …

Ein Ich, das durch Geburt, ein Ich, das durch den Tod ins Leben trat. Selig eins –

Das Irdische schwimmt obenauf … Aber was heilig durch der Liebe Berührung ward, rinnt aufgelöst in verborgenen Gängen auf das jenseitige Gebiet …

Stammelt Marsyas, hautlos.

Ihn fröstelte. Novalis zugeklappt. Hardenberg beschloß zu heizen. Das Buch auf die zuvor geradegerückten leeren Blätter gelegt. Nur in dieser Etage, das würde genügen.

Er stand auf, ging in den Vorraum und hockte sich auf die Stufen der Wendeltreppe, wo das wohl gefüllte Schürloch des Hinterladerofens, laut Agners Auskunft, seines zündenden Funkens harrte. Er schlug Feuer, setzte einzelne Strohhalme in Brand und freute sich daran, wie die Flämmchen das Reisig, danach auch die dickeren Scheite erfaßten. Als das Knistern nachließ und der Kamin zu summen begann, schloß er das Schürloch.

Hardenberg wollte sich erheben, aber erneut fiel Schwäche ihn an. Sie packte ihn an der Taille, drückte die Rippen einwärts und stahl ihm die Luft. Er preßte einen Laut hervor, einen Fluch, kein

Wort, nicht einmal einen Vokal. Darüber war er doppelt erschrocken, und während er ihm nachhörte, entspannte sich sein Brustkorb. Er wollte die Hände falten, doch das hätte ihn wieder beengt. So ließ er sie über die Knie hängen und murmelte, nach einer Pause: Erbarme dich, Gott. Einen Augenblick später ärgerte ihn seine Wehleidigkeit. Er begann, die nächstfolgenden Verrichtungen besonnen zu planen.

Treppab, mittels der Schwerkraft. Ins Freie treten, frischen Abendhauchs gewärtig. Notdurft, ohne Not. Drinnen Furage zudecken, mit der Serviette. Auf der Schwelle, bei offener Haustür, Mund spülen, Gesicht und Hände abwaschen, was den Rest Wasser aus der einen, teilweise geleerten Kanne aufbraucht.

Gedacht – getan.

Auf dem schütteren Laub der umstehenden Bäume ein rötlicher Glanz, der von rechts heraufdringt. Die Sonne geht unter. Sie nimmt sich Zeit, von jeder Stelle des Hügels, aus jeder Astgabel, hinter jeder Kontur eines Wipfels ein wenig später oder früher hinabzustreichen – jenseits Batzdorf, Großer Busch, jenseits des ganzen dahinterliegenden Abendlandes. Im Morgenland beten sie jetzt –

Irrtum. Links hinunter ist es schon finster.

Zeit, Kerzen zu entzünden. Zuvor die Türe verriegelt.

Zurück im Innern, schien es, als sei während des kurzen Moments, den die Haustür aufgesperrt stand, ein Gutteil des Dämmerlichtes in die Landschaft entwichen. Aus den Raumecken hingen Schatten herab. Hardenberg wollte nach oben fliehen, merkte aber, daß ihm die Flügel fehlten und sein Zwerchfell sich wieder über dem Magen zusammenzog. Er ließ sich auf einem Schemel im Vorraum nieder. Offenbar war ein weiterer Plan vonnöten, der ihn empor trieb. Die Bahnen der Leichtkraft, mittels des vorigen zwischen Etagen und Gegenstände gespannt, waren mit Vollzug der letzten in ihm beschlossenen Handlung abgerissen.

Was also bleibt noch übrig vom Tagewerk. Nichts mehr parterre.

Wie, wenn ich mir ein einziges Geleucht anstecke. Das mich begleitet bis zum Lager. Nur, daß die Grube in die Höhe führt. Verkehrte Welt. Ins Eigentliche verkehrte Welt. Droben wenige

Gänge. Die Strecke söhlig. Beeil er sich, Hardenberg. Geradegestanden, die Laterne vom Haken genommen. In die Knie, vorm Ofen findet er alles, die Flamme entfacht, er hat Übung. Fertig, aufgefahren. Vorsicht, die Fahrt ist gewunden. Halt er sich an der Spindel fest.

Doch es geschah etwas anderes.

Es begann mit Gelächter.

Friedrich von Hardenberg, Salinenassessor, ein Mann des praktischen Verstandes, hatte sich von dem alltäglichen Fakt, daß die Sonne gegen Abend verschwindet, sowie von dem nicht weniger gewöhnlichen Phänomen, daß einer, der von draußen hereinkommt, zunächst meint, einen dunklen Raum zu betreten, so lange, bis seine Augen sich angepaßt haben und jedes Detail in der nötigen Schärfe wahrnehmen, von Trivialitäten also, verleiten lassen, eine Lampe anzubrennen, wie ein Kind, das sich fürchtet. Dabei befand er sich in seiner wirtlichsten Eremitage, die Treppenstufen vom unmerklich ausblassenden Zwielicht beschienen. Oben brannte schon Feuer – ein Fidibus hätte genügt, um es fortzupflanzen. Da stand er, Freiherr von der traurigen Gestalt, und lachte, daß die Kerze, die in ihrem Glasgehäuse vor sich hin flackerte, zu verlöschen drohte.

Hardenberg zog seine ausgereckte rechte Hand, die, wie um den restlichen Mann leichter hinaufzuwendeln, bereits die steinerne Treppenspindel umfaßt hielt, wieder zurück und griff mit ihr an den Laternenbügel. Beidhändig beschützt beruhigte sich das Licht.

Oder war doch zuviel flüssiges Wachs über den Docht geschwappt. Das Flämmchen glimmte nur noch. Was macht's, soll es ausgehen. Solange noch ein Schimmer Tageslicht in den Wänden nistet … Von wegen, es bläst sich groß auf. Wird weiß. Verflixt, wird das Glas platzen. Jetzt fladdert es wieder. Warte, ich stelle dich auf die Stufe. Nun scheeche du ruhig.

Die Lampe begann zu taumeln, als stünde sie auf einer unebenen Stelle. Kurz darauf kreiselte sie, verlor aber nicht das Gleichgewicht. Unter ihrem Fuß, der einem metallenen Helm glich, innen hohl, schien sich etwas hervorzuquälen. Ein kugeliges Gebilde aus Dunst oder Flaum – es rollt ein Stück fort, die Lampe steht reglos am Fleck. Beim Kollern zeigt es seine unregelmäßige Form, zwei schattenschwarze Vertiefungen, wie Augenhöhlen. Hardenberg will es greifen, doch es entgleitet, im Rotieren schaut es ihn an und wendet sich ab. Vielmehr, das Knaul foppt ihn. Denn während er gebannt zu Boden blickt, tut es einen Sprung in die Luft, und wie er seinen Kopf heraufreißt, schwebt es mählich treppan, dicht über den Stufen, doch ohne deren Kanten zu berühren.

Hardenberg hinterher. Glücklich in der Beletage angelangt, hält er sogar die Laterne am Bügel, mit brennender Kerze.

Bist du der Lauser, der den Löffel stahl?
Die Elster war's – und nicht zum ersten Mal.
Wer hatte seine Lust, dich hinzurichten,
Unschuld und Kindheit zu vernichten?
Rollst alle Tage treulich hier herauf,
Kein Grab hält jemals die Bewegung auf.
Hat ihn die Guillotine abgetrennt –
Wo ist der Mensch zu diesem Kopffragment?

VIER

Indessen war die Spiralfahrt des Schädelchens noch nicht an ihr Ende gekommen. Unbeirrt schwirrte es weiter treppauf, gen Dachboden, mittlerweile den Blicken des Gastes entrückt, der keine Anstalten machte zu folgen. Er setzte sich auf die Truhe, neben sich sein Geleucht.

Jetzt ist es doch weidlich dunkel geworden. In Siebeneichen wird zu Tische gerufen. Das Machtwort des Gongs, die eingeschworene Garde geputzter Leuchter im Flammenschmuck. Zu Häupten der Tafel steht Tante Miltitz, in stummer Konversation mit der Anzahl der Gedecke und Reinlichkeit der gefüllten Platten. Die Herren sind dem dräuenden Einbruch der Nacht mit welschem Branntwein, die Damen mit Geschäftigkeit begegnet. Dietrich – gedenkt meiner.

Es tat wohl, so zu sitzen. Gegenüber die offene Saaltür. Ihr Rahmen gab eine zuträgliche Portion der Einrichtung frei. Die Stuhllehne, eine Seite des Tisches, im Hintergrund eins der Bogenfenster. Der Himmel draußen immer noch von einem matten ältlichen Glanz. Einkehr braucht Einfachheit. Die Zukunft wird in engen Verhältnissen spielen. Der Tod rafft auch diese hinweg.

Gab es nicht Hirtenvölker in der asiatischen Steppe – die Leute leben in Zelten. Sie sind beweglich wie ihre Tiere. Das Zelt beherbergt alles, was sie benötigen, selbst die Feuerstelle. Wenn die Weide abgegrast ist, ziehen sie weiter, Mensch, Vieh und Gepäck. Wenn das Zelt aber steht, kniet der Hirt nicht abends am Eingang und hält das Gesicht in die Kälte. Er sitzt vor der hinteren Wand auf seinem Teppich. Vorn ist die Zeltbahn ein Stück aufgerollt. Gelöst blickt er an seinen Lieben und Siebensachen vorbei auf einen Streifen Natur. Die Außenwelt ist von der Innenwelt umschlossen. So fühle ich mich.

Je mehr Zeit verging, desto grauer wurde das Stück Himmel hinter den Scheiben, während die Kerze neben Hardenbergs Hüfte, als einzig verbliebene Lichtquelle, ihren Schein nach Kräften zur Aureole aufblähte. Die gekreuzten Eisendrähte der Laterne warfen ein Schattennetz. Hatte das Auge sich daran gewöhnt, erschien die Beleuchtung wiederum zu dürftig, um darin einen Abend zu verbringen. Was tue ich? Was läßt du mich tun, Schwäche?

Jede trübe Stimmung ist Illusion. Jede Bedrängnis der Natur ist eine Erinnerung höherer Heimat.

Etwas schreiben. Was nicht schon geschrieben wäre? Beladen mit der Melancholie dieser Stunde? Zersungen wäre? Für den beherzten Einfall taugt der Morgen besser, Adept Novalis, non Lamentalis. Um sechs Uhr dämmert es. Viertel vor sieben geht die Sonne auf. Schreiben – verworfen.

Oder lesen. Bin ich nicht nachgerade daran gescheitert? Wes das Herz voll ist, dem paßt nichts mehr hinein. Auch nicht, wovon ihm selber der Mund überlief. Zwischen Räsonnieren und Wiederkäuen tritt an Stelle der Offenbarung der Überdruß. Lesen – laß bleiben.

Also denken. Eigengewaltig denken. Gott denken. Mein Denken nicht Gespenstern überlassen. *Jeder trübe Gedanke ist ein irdischer, vorübergehender Gedanke der Angst.*

Die kümmerliche Funzel soll mir vorderhand genügen, denn in meinem Kopf geht ein Stern auf. Er strahlt nach verschiedenen Seiten. Ein Strahl trifft die Vergangenheit, fährt wie ein Finger die Chronik des Lebens ab. Wo er anhält, bestimme ich. Bei den erquicklichen, nicht den düsteren Kapiteln. Womit schon einmal viel gewonnen ist. Ein zweiter Strahl trifft die Zukunft. Er trifft nicht, er sucht. Wo er das Fatum der Erde streift, Ungemach allerorten ... Wohin er mich selber geleitet, *auf dem jenseitigen Gebiet*, waltet Seligkeit. Erasmus, Sophie ... Die toten Gefährten versammelt, die lebenden willkommen. Julie ... Wir vermählen uns noch, anderswo, ein andermal, Liebste. Ein ganzes Bündel von Strahlenpfeilen touchiert die Gegenwart. Aufgepaßt, ob sie wirklich meinem Köcher entstammen. Einer gewiß: Ich soll Kohlen nachlegen –

Hardenberg beschloß, es für heute gut sein zu lassen. Er erhob sich und postierte die Lampe in der Mitte des Raumes. Im Ofen war das Holz schon fast heruntergebrannt. Mit dem Schürhaken schob er die restliche Glut zusammen und legte ein paar Stücke Bruchkohle obenauf. Zuletzt riegelte er die Klappe fest zu.

Wie er sich aufgerichtet hatte und nun kerzengerade auf der bis in die Ofenecke verlängerten Stufe des Wendelsteins stand, so daß sein Kopf beinahe ins Dachgeschoß hinaufreichte, mochte er nicht mehr an seinen Schlafplatz zurückkehren. Bin ich ein altes Weib, das sein Nachtgebet auf dem Bettrand verrichtet. Wo mich droben das bloße Weltall erwartet.

Sei ein Mann, Hardenberg. Da du kein Fakir bist und der Levitation nicht mächtig. Hast den Lauser ziehen lassen. Nun siehe du zu.

Bereit, gegen jedwedes Hindernis empor zu gelangen, ins Dunkel der Nacht, vielmehr ins enge Reich staubiger Laden und schräger Dachbalken, stapfte er los, eine Hand an der Mauer, die andere an der Spindel. Zwei, drei Stufen waren bezwungen, und alles finster. O liebe Tentakeln des Tastsinns. Hardenberg machte sich klein, zog den Hals ein, strebte förmlich kriechend voran, hörte, das Kinn an der Brust, sein Herz rumoren. Ein wunderliches Geräusch, wie das Keuchen eines Brunnenschwengels zur Stunde der Tränke.

Was er Tage später seinem Bruder Karl erzählen würde: daß er, eben noch blind, jäh von einer Lichterscheinung überwältigt worden sei. Purpur, Moosgrün, am meisten aber gleißendes Weiß habe, aus der Höhe herabstürzend, sein Gesicht überflutet und den Dachraum in ein hellichtes Geistergemach verwandelt. Lodernde Wellen, wogende Flammen, sprich, engelartige Wesen seien umhergewirbelt und gleich darauf wieder verschwunden. Das Licht blieb, blendete immer heller und grenzte sich plötzlich in scharfen Linien von einer dunkleren Zone ab. So, wie das Dach die Form eines Zeltes hatte, stand ein genau gleiches, aus überirdischem Glanz geschnittenes Zelt mit der Spitze nach unten in den Raum hinein. Die Spitze des leibhaftigen Daches aus Holz und Ziegeln, samt Schornstein, schien ausgetilgt. Das bloße Weltall, Augenblicke zuvor beschworen, wölbte sich über Mann und Ort.

Hardenberg zitterte. Nicht vor Entsetzen. Nichts ging zu Bruch. Lebenslang glaubst du an die göttliche Welt. Wenn sie aufreißt, meinst du, ein Raubtier falle dich an.

Für eine ungewisse Zeit stiegen Sternbilder nieder, Wunschbilder auf, Schatten lichterten, Gedanken trübten sich ein. Die Szenerie war nicht für Erdenmenschen entworfen. Sie verschloß sich aus Gnade.

Tatsächlich hatte Hardenberg noch keinen Schritt von der obersten Treppenstufe in Richtung Fenster getan, geschweige eines geöffnet. Da von der Erscheinung nach wie vor ein dünner Schimmer im Raum hing – oder hatten die Augen sich mit der Schwärze vertraut – bewegte er sich gebeugt, doch mühelos unter Balken und Sparren hinweg auf das elbseitige der Dachhäuschen zu und stieß die Luke auf. Nachtluft strömte herein.

Draußen das bestirnte, graue Firmament. Die Schale des abnehmenden Mondes dürfte frühestens im Morgengrauen, unweit Dresdens Weichbild, dahinschwimmen. Apropos, dem Mond geschah allerlei diesen Oktober. Als volle Scheibe hatte er sich, vom Erdschatten getroffen, verfinstert. Kommenden Samstag wiederum würde er als Neumond die Sonne bedecken – gottlob, nicht in unseren Breiten. Zwischen zwei Finsternissen kämpfen Engel gegen Satan, sagt man.

Hardenberg kniete auf einer Fußbank, die dazu diente, bequem hinauszuschauen. Er zupfte sein Seidentuch aus dem Kragen, schlang es bis unters Kinn hinauf. Beide Ellenbogen in die Ecken des Lukenrahmens gestemmt, ließ er die Kälte gewähren.

Ein feiner Dunst umspann die Tausenden Sternenkugeln und verwob sie zu geheimnisvollen Figuren. Über den Kamm des Spaar-Gebirges trottet die Große Bärin. Gegen die Uhr, mit dem Strom. Das Tier der Madonna. Oder verzauberter Mensch. Ewiger Fuhrmann. Kann das Kutschen nicht lassen, formt einen Großen Wagen aus dem Bärenbecken. Alkor, der Däumling am Deichselstern. Mit der Uhr, gegen den Strom, nie am Ziel. Immerhin, zum eigenen Heil hat er einst den Elias gen Himmel befördert. Das Bärenjunge – wie es um den Polarstern Purzelbaum schlägt. Einmal pro Jahr. Recht so, es spielt nahe der Höhle. Vom

Drachen bewacht. Am Pflock der Erdachse. Von hier also sind wir gebürtig. Hierhin mündet alles. Sieh an, was ein nördlicher Sternhimmel vor uns verbirgt und herzeigt. Am Ende das Nadelöhr zum Reich Gottes. Bis dahin viel Kutscherflüche und Wagenlärm, sintemal ein weiterer Fuhrmann aufzieht, bei der Boselspitze – Capella, sein Zicklein, unterm Wams. Er will die Milchstraße nehmen, zu Cassiopeia … Geschichten über Geschichten, von der Himmelsmutter erzählt.

Hardenberg mußte husten, er schloß die Luke. Ihm war leicht ums Herz. Er würde hinuntersteigen, seine Reitstiefel ausziehen und schlafen. Die Morgenfrühe soll ihn am Schreibtisch finden.

Agner würde kommen.

Es war gut, daß Agner kam.

NOVALIS AN DEN KREISAMTMANN JUST IN TENNSTEDT

(Dresden, November 1800)

Wenn mich nicht körperliche Unruhe verwirrt, welches doch nicht häufig geschieht, so ist mein Gemüth hell und still. Religion ist der große Orient in uns, der selten getrübt wird. So vereinigt sich Alles in Einen großen, friedlichen Gedanken, in Einen stillen, ewigen Glauben.

NOVALIS' MUTTER AN DIE TOCHTER SIDONIE IN OBERHALBENDORF/LAUSITZ

Dresden, 28. November 1800.

In Dresden habe ich 8 schwere Tage verlebt. Fritz fährt wieder aus, täglich 2 mahl, und will auch reiten, doch ist er schwach, sehr abgezehrt, und das Blutspeien hört nicht auf.

VI
DRESDEN

19./20. Dezember 1800

Kälte, ohne Wetter. Ferne ohne Himmel, beim Blick voraus auf Kutschers Kragenmantel, Farbe fleckiger Fliegensteiß. Seit Wochen zur tagtäglichen Gemütserhellung verordnetes Schaubild. Oder dran vorbei ins Nirgendwo. Schließlich die Augen geschlossen.

Gott verzeih.

Schlafend getan, gefroren. Julie drückt mir ein Ende ihres Schals auf die Brust, bibbert selber, durch das andere Ende und allerlei Schichten Zeug ahnen einander unsere Hüften.

Liege ich darum jetzt schlaflos. Ehrlos. Das Bett – Katafalk, weiß verhängt, für Untote, denen die Nacht ihr Geheimnis verweigert.

Wer eben zu früh und zu lange hinaufschaut – der sieht nichts und wirkt auch nichts – au contraire – er verwirkt, was ihn weiter unten erwartet – ein Strom von Sorge und Liebe aus funkelnden Bruderaugen. Deine, Charles. Was geht mich Kutschers Kehrseite an. Hockst mir wieder einmal vis-à-vis – wie wann – letztes Jahr im November, mit Tieck nach Weimar ins Jeanpaulische. Bloß, damals waren wir entweder dreizehn Monate jünger oder die Sitze weicher bezogen.

Weh, hab ich dich aufgeweckt, deinen Namen gerufen, mon frère. Es ist nichts. Die Falten meines Katafalks lieg ich selber glatt. Laß sein, geh schlafen. Bald knallt die Peitsche vorm Fenster. Dein Klappbänkchen braucht den ausgeruhten Mann.

Ob Gott es sei, der mir befiehlt, zweimal pro Tag frische Luft zu schöpfen – in praxi, frühwinterlich klammen elbfeuchten Brodem durch die Lungen zu pumpen, um selbige zu erquicken – oder ob Ärzte allein auf solche Orders verfallen – es bleibt sich gleich. Auch der ärztliche Irrtum wäre Gottesschicksal.

Zudecken, aufdecken – Malträtieren des Federbetts mit den Füßen, wie ein Vogeljunges von innen die Eischale aufpickt – was doch heißt, zu leben anfangen. Warum hab ich, laut Mutters Klagen, neun Jahre verdruckst, bis ich die Schale durchstieß, neun Jahre Nachgeburt – bis Ruhr, Rumor, Hatz des Darms, Morosität des Magens mich wegreißt aus des Gevatters Armen in Wiederstedts liebreiche Menschenwelt. *Krankheit als Zwist der Organe* – Beginn des Denkreizes. *Anfang der Liebe.* Denn wer nur schaut, mag hadern – wer denkt, muß lieben –

Fehlt mir jetzt die Zeit.

Soll der Schlaf nicht allmählich abgeschafft werden?

Hatz der Gedanken, bröselnde Fragmente, mein *Brouillon*, fürwahr ein Körnerhaufen, vollends verwirbelt. Licht, Irrlicht, Irrlampe – laß sie herunterbrennen. Komm nicht.

Muß Krankheit durch Unrast behandelt werden – terror panicus. *Tropfenweise Einnahme von Medizin – unaufhörliches Reiben et cetera* – Fieber, so innen wie außen. Kaum irregeredet, schon die Grammatik der Familie durcheinandergeworfen. *Dem Geist ist Ruhe eigentümlich. Leben – eine Krankheit des Geistes* – Was ist Fieber. Entzündung, chemisch-politisch. Darüber grübeln respektive gegrübelt haben. Huste ich. Rütteln am Vogelbauer. Speie ich. Fliegt Charles über die Schwelle oder ein weißer Engel, wortlos. Alles weiß. Laken ausgeschlagen, Laken gebreitet. Jetzt eine Fläche. Waagerecht weiß: krank. Senkrecht weiß: auferstanden. Dazwischen, welche Reise.

Mitternacht. Die Schläge im nachhinein zählen. Vier – zweimal vier – dreimal vier. Die Zwölf ist ein dem Körper eingegrabenes Testament.

Schlafe ich. Denke dabei. Mein Vorsatz, beiderlei zu verknüpfen. Im Wachen: tun. Was tun. Was lassen, um eigentlich zu handeln. Lokales, Zeitliches lassen. Wenn einer den Fluch zur Philosophie hat, unterbrochen von echten Visionen, unendlicher Gewißheit –

Wo das Licht nichts zu tun findet – da fährts durch.

Bist du es, Carlowitz. Stehst in der Kammer. Dein Brief, Freund, eine Schuldpeitsche. Ständeversammlung, geschweige Löbliche Ritterschaft, ist meine Sache nicht. Abstraktion der Tat – hohles Gerede – fatigante Streitexerzitien. Wo unser Adel als Billet für Landtage dient, hat er ausgedient.

Geistert Onkel Komtur herauf aus der Totenwelt. Nun, wie hast du es dort, Großkreuz. Neun Monate im Mutterbauch Erde – da magst du als Seliger schon geschlüpft sein, *Himmelsrosen auf den Wangen* – Zumal im Fache Genuß stets Primus gewesen. Mein hedonistischer Tugendwächter. Mußtest hier oben dein Wohlleben mit einem engen Herzen bezahlen. Frauen – ein Graus. Wolltest den Knaben Fritz in die Welt einführen. Deine Lucklumer Tafel, westlichster Halt meiner Lebensreise. Funkelnde Pokale, darin schwere Getränke, für mich zwar Wasser, aus naher Quelle apportiert. Stühle mit steilen Lehnen, in Höhe der niederbrennenden Kerzen ein Gebläse von teils weisen, teils tönernen Reden erlesener Gäste. *Blumenkörbe dufteten in voller Pracht auf dem Tische, und der Wein schlich zwischen den Schüsseln und Blumen umher* – Ich kindlicher Ofterdingen, freilich eine Hoffnung nicht der Poesie, sondern der Staatskunst. Harrt mein getreuer Hofmeister Schmid in der Tür, selber erst zwanzig, Adept der Theologie. Was der Deutsche Ordensherr seinem Neffen da einflößt, wird er diesem abends auf der Bettkante noch einmal zurechtrücken. Onkel, *Orakel,* Vaterbruder – nachgerade Vatervater, weil ein Jahrzehnt früher als jener in Großmutters Wiege gelegen. Wehe denn, mein Augapfel wendet sich je, ernst oder unernst, der Weiblichkeit zu. Da spuckt der Vulkan Fegefeuer. Bei deinem Eintreffen im verwinkelten Weißenfels splittert der Torbalken – Tempi passati. Seelenaugen lesen genauer. Was habe ich nicht von dir, von dir weg, geschrieben. Nach deinem Heimgang, das *Lied der Toten* –

Tausend zierliche Gefäße …
Goldne Ringe, Sporen, Schwerter
Sind in unserm Schatz …
Viel Kleinodien und Juwelen …
Keiner kann den Reichtum zählen,
Zählt er auch ohn' Unterlaß …

Nur, leiser geht es zu in der Seligenrunde. Wieder sitze ich dir zur Linken. Wir warten, ob Vater kommt. Wann endlich er zu deiner Rechten Platz nehmen wird, fängt er zu brummeln an. Das Mahl scheint ihm zu köstlich, der Saal zu erlesen. Bruder, sagst du zu ihm, vergiß die Bilanzen. Dein Soll vergiß, wie ich mein Haben vergessen durfte. Was unter uns zählt, will verschwendet sein. Die Währung heißt Liebe. Ja, staune nur, solches aus dem Mund eines weiland herzöglich-braunschweigischen Kriegsadjutanten. Ohne Liebe keine Goldene Zeit. Im Tode leben wir sie schon –

Die Liebe ist das höchste Reale – der Urgrund.

Was wollt ihr denn aber. Carlowitz. Großkreuz.

Zugegeben, daß ich nicht auf dem Sächsischen Landtag erscheinen, nicht *mit der Schokoladentasse in der Hand wie aristokratische Sansculotten* das Wort schwingen noch Schwadroneuren, wie ich am Ende selber einer geworden wäre, zuhören mochte. Trotz deiner Komplimente, edler Freund. Nichts gegen Schokolade –

Daß ich sodann die Gunst verschmähte, in Preußen zu reüssieren. Trotz gnädigster Fürsprache vom Oheim des ersten beim Großohm dritten Grades, Minister von Hardenberg. O Netz der Familienfäden.

Anders, wenn es an der Zeit ist, daß ein einzelner Mensch *mit sich selbst eine schöne Familie ausmacht,* zu welchen Gliedern meines Selbst hab ich euch ernannt und fichtisch gesetzt, die ihr mir ums Lager schwirrt und abwechselnd mit Güssen und Tüchern meinen Sündenleib traktiert? Zu Schnürleib und Heldenbrust?

Bin ich alle, die ich traf, immer allein. Gilt dies auch für jene, mit mir.

Mea culpa. Freilich nach der Seite keines Frauenzimmers – Wittenberger Erkers, Grüninger blauen Salons, Freiberger Sofas – bin ich euch ausgewichen. In den Schoß eines Weibes durchaus. Es heißt Erde.

Was wäre ein gewichtigeres Anliegen, als uns von ihr wärmen zu lassen. Diese Göttin will ihr Gewand mit uns teilen. Zumal in Jahreszeiten, da Schwester Sonne, gerechtigkeitshalber, den Antipoden den längeren Tag schenkt. Ohne Heizung stünden auch Logen und Landtage verschlossen – Der Kakao bliebe kalt, meine Herren –

Eine Göttin aber läßt sich nicht die Kleider vom Leibe reißen. Demut und Delikatesse verstehn sich, beim Raub von Kuß und Geschenk. Sittlichkeit des Bergbaus – dem allerdings *Geognosie* vorausgeht, das Wahr- und Für-Wahr-Nehmen der wunderbaren Erscheinung –

Welch herrlicher Stoff. Kohlenstoff. Farben der Tiefe. Ob schwarz ob nachtgrau, braun, mit matten oder schimmernden Einschlüssen. Fett, auch taub, doch niemals glatt auf lange Partien. Madonna des Faltenwurfs. Deine Hüllen nicht hergehängt, daß wir sie abstreifen im Vorübergehen. Gekost willst du sein, wohl kaum mit spitzen Fingern.

Jede sanfte weiche Erhöhung ist ein symbolischer Wunsch der Berührung –

Weshalb ihre Kleider nicht steif sind wie die Kutten der Minderbrüder. Das braunkohlene ist eine Chemise. Wie eben übergeworfen liegt es dem Körper der scheinbar Schlafenden an – gleichsam zwischen Trikot und Tunika. Soll heißen, ersteres, *immer Sand oder Ton,* schmiegt sich innen eng um den Leib, den letztere mantelartig umschließt, ein Gewirk aus verschiedenen Lagen: *Kies kommt am häufigsten vor. Er wechselt mit braunem, weißem und bläulichem Ton, weißem und braunem Sand, sandigtem oder mit Kiesel vermischtem Lehm und Mergel ab* – uns zu Gefallen hier und da eingerissen, heruntergerutscht. Was uns den ersten Fund verschafft, bevor wir zu schaben und zu graben anfangen.

Zu Diensten. Hatte ich genannten Befund gehorsamst nach Freiberg vermeldet, Bergrat Werner zu Händen, Abraham Gottlob – und zwar hinsichtlich der Arternschen Gegend, der Ämter Freyburg und Weißenfels, Amt und Stift Merseburg, Mansfeldischer Ausläufer bis hinab zu den Schößen um Saale, Elster, Pleiße und Mulde, mithin *Einer großen nach der Elbe zu sich neigenden Ebene:*

Unter den Kohlenlagern finden in Rücksicht ihrer geognostischen Situation wenig Verschiedenheiten statt. Sie sind auf mehr oder weniger ebenem, oft wellenförmigem Boden meist mantel-, kessel- oder muldenförmig gelagert – an den tiefsten Punkten der Täler fehlen sie gewöhnlich –

Doch siehst du, Carlowitz. Der Professor ist es nicht, der vor meinem Bette fuchtelt. Er ist mit mir zufrieden. Dich seh ich die Hände ringen. Tadelst mich *nicht patriotisch.* Was aber ist patriotischer: ein Palaver über Witwen und Waisen oder die Sorge für deren, beiläufig auch unser, unser aller, HERDFEUER?

Formkohlen … Die Einrichtung der Öfen und Herde zu ihrem Gebrauch ist sehr einfach. Ein ziemlich enger Rost zur Verhütung des Durchfallens der kleineren abspringenden Stücke, ein Raum für die ansehnliche Menge Asche und ein verstärkter Zug sind die einzigen Erfordernisse, um einen Ofen mit Erdkohlen feuern zu können. Anbrennen muß man sie mit Reisig oder Stroh … Eine Zange zur Eintragung der Kohle, ein Räumeisen zur Offenhaltung des Rostes, eine Schaufel zur Ausräumung der Asche und ein großer irdener Topf zu ihrer einstweiligen Aufbewahrung macht das nötige Feuergerät aus … Die bequemsten sind die sogenannten Kanonen-Öfen. Aber man kann fast jeden Ofen, wo ein Rost etwas hoch anzubringen ist, daß unten Raum für die Asche bleibt und dieser untere Raum mit der äußeren Luft durch eine Röhre oder Kanal verbunden, der Raum über dem Roste aber durch eine passende Tür vor dem Schürloch verschlossen wird, für die Erdkohlenfeuerung einrichten. In Küchen schützt man die Speisen durch in die Deckplatte des Herds eingelassene Kapellen vor dem üblen Geruch des Erdkohlenrauchs …

Du bist noch da.

Du bist es nicht, Carlowitz.

Je besser die Kohle, desto weniger Asche läßt sie zurück und desto gleicher brennt sie. Schlechte Kohle fladdert entweder oder glimmt bloß – ersteres, wenn sie zu leicht, letzteres, wenn sie zu viel erdige Teile bei sich hat. In diesem Falle macht sie auch Schlacken …

Sind Sie es, Haupt, freundlicher Klettergesell. Freiberger Akademist, der zum Meister das Zeug hat. Was bedeuten Sie mir. Unsere Sommerpartie über ein anfangs zugeknöpftes *Stück Erdrinde* – Stiefel- und Fäustelspuren ins Künftige – Juni achtzehnhundert – unser für Nullisten beginnendes, für Nüchterne abgelaufenes Saeculum. *Wir wanderten von Zeitz* bis Silbitz, von da an der Elster entlang *nach Köstritz* – fanden Sandstein, Roggenstein, Flözkalk, Stinkstein, nirgend Wärmendes – mußten den vorgegebenen Plan ins Reussische ausweiten, da so nun einmal die Gebirge ziehen. Trennten uns, Sie gingen über Krossen bis Podebuls die Elster zurück und brachten aus Caaschwitz alten Gips bei, derweil ich um Steinbrücken herum nach Gera ausschwärmte und einen löchrigen Kanten Rauchwacke im

Schnappsack hatte. Aber dann. Retour gen Kursachsistan. Daß wir nicht als erste würden an Mutter Erdes Meuselwitzer Röcken zupfen, war so bekannt wie das Nest selbst. Seit Urzeiten friert der Mensch –

Was wollen Sie. Was wedeln Sie da –

Ist es, Gutester, das Journal, das Sie fertigten, statt meiner, um es nun auch an höchster Stelle zu präsentieren – nachdem ich in Gefilde entwich, wo uns, wenn nicht die Sprache, so doch die Buchstaben ausgehen? Was steht drin in den Blättern? Daß der Distrikt zwischen Zeitz, Borna und Leipzig am Ende für allen Mangel des Anfangs entschädigte? Chemise aus gediegenem Stoff, der Hunderttausende durch Hunderte Winter brächte.

Aber Sie werden Ihr Skript doch nicht – auswringen –

Kein Haupt. Keine Chemise. Gediegener Flanell. Mein Brüderchen mit Wadenwickelmiene. Alors, Carlowitz, schling mich ein. Stillgestanden! Im Liegen.

Würde es nicht Unsinn sein, eine Krisis permanent zu machen und zu glauben, der Fieberzustand sei der gesunde Zustand, an dessen Erhaltung dem Menschen gelegen sein müßte –

Wärme. Wärme plus Wärme – Feuersbrunst.

Feuer setzt Wasser in Fluß, Wasser macht Erde bewohnbar. Hätten wir länger Zeit miteinander, Professor, ich wollte Ihm das Feuer noch warm reden und vor die Genese jedes Seiner aufgereihten Mineralien heften. Allerdings, wie die Flamme den Anfang regiert und wohl auch das Ende, so ringt das Flüssige ihm die Dauer des Irdischen ab – die es zugleich ironisiert –

Schon gut, meine Gutesten. Fesselt ihr meine Beine. Meinen Mund laßt laufen.

Trockenes sperrt eine Weile, bis es zerfällt.

Wasser. Wasser en masse – Sintflut.

Mißtraut auch der Luft. Sie zerstäubt. Böse Wetter in meiner Lunge.

Nicht nur die Natur *potenziert unaufhörlich* – auch der Teufel.

Der Tod steigt durch die Elemente herauf. Die Mutter verliert ihre Kinder, ersäuft sie in Tränen. Salz, aus Augen gewonnen, geschenkt. Essen wir Mutter, wenn wir unsere Speisen würzen.

Gift aus Brüsten. Roheit der Flüsse. Wie die Saale unseren Bernhard umwarf, ihm den Schlund zudrückte. Wie mir bei der Nachricht das Blut aus der Kehle stürzte. Wer ist Regent, im wechselseitigen Frevel. Gäbe es weder das abgründig Böse noch absolut Gutes. Gälte folglich der Stoß meinem Dualismus, während das Ich erlöst aus ihm hervorgehen soll. Wäre es so – willkommen, Angst.

Den Satz des Widerspruchs zu vernichten, ist vielleicht die höchste Aufgabe der höheren Logik. Nach deren Erfüllung sie abdankt.

Näheres hierzu –

Pfui, was tust du mir, Bruder. Soll der Mann ein Nix werden – der ich einmal zwei Beine hatte – jetzt einen Fischschwanz, in triefender Emballage. Hu, herrlich. Wenn ich mit der Flosse schlage, wohin wende ich dann. Ins Numinose. Dir zuliebe will ich mich mit Zappeln bescheiden.

Hab ich dir einmal gesagt, Charles, daß du Richtern ähnlich siehst, Jean Paul. Bei gewissem Einfall des Lichts seid ihr Gesichtgeschwister. Nicht nur. Wie er in seinen Landschaften schweift, Gefilden zwischen Natur und Seele – wie er nach Liebe ausschaut, um, wenn sie erscheint, gegebenenfalls ein Koloß mit Fangarmen, spöttisch die Lippen zu schürzen – so schweifst du hienieden zwischen Stube und Kammer, suchst dito die Liebe und verströmst sie einstweilen im eigenen Kreise. Er kichert, du schmunzelst.

Soll heißen, dein Werk ist es, wenn ich euch nicht verwechsle. Einen Moment eher hätte ich euch noch in eins gesehen. Daheim in der Kälte, erkenn ich Geister wieder am Körper.

Wer uns einfällt. Unio minima. Auf der Welt lebt jeder seinen eigenen Stern. An wen wir denken – was wir ihm zudenken. Zuneigung. *Auch unsere Gedanken sind wirksame Faktoren des Universums.* Hängt das Heil davon ab. Was wir noch bedenken müssen. Wo waren wir stehengeblieben. Beim Staat, der nicht werden will. Der sich in Partikeln gefällt, gelegentlich eine schöne Vorstufe herzeigt und wieder im Schnürboden verschwinden läßt. Ob Monarchie – *wo eine Zentralsonne den Reigen führt und man lieber Planet wird.* Ob *Demokratie* – jüngst schmählich mißlungen, beziehungsweise *von der Monarchie nicht verschieden, nur daß der Monarch eine Masse von Köpfen ist.*

Ein NÜCHTERNES FIEBER muß her –

Der poetische Staat ist der echte, vollkommene Staat. Je mehr Geist im Staat ist, desto mehr wird er sich dem poetischen nähern – desto freudiger wird jeder seine Ansprüche beschränken – desto weniger wird der Staat es bedürfen –

Ihr sollt noch mit mir zufrieden sein. Am Ende seid ihr es schon.

Alors, nimm Platz, Charleroi – nimm Blatt und Tinte – schreib, wie ich sage –

Daß eine Abschrift der Registratur – plus propre, frérot – *der von Ihro Churfürstlichen Durchlaucht* – bon – *mir gnädigst verliehenen Amtshauptmannsstelle halber* – hast du es – *mir richtig ausgehändigt worden –*

Gib, daß ich den Namen drunter werfe.

Nein, laß. Morgen sitzt unsereins wieder gerade. So drinnen wie draußen. Dresdener Dezemberfrühe. Hör ich den Kutscher schon den Klepper tränken. Genügliches Saufen. Die Lippen fallen mir zu.

NOVALIS AN DAS GEHEIME FINANZKOLLEGIUM IN DRESDEN

Daß eine Abschrift der bey Ew. Hohen Geheimen Finanz-Collegio abgefaßten Registratur, wegen meiner Ansäßigmachung im Thüring Creise, der in denselben von Ihro Chfstl. Dchl. mir gnädigst verliehenen Supernumerar-Amtshauptmannsstelle halber, mir richtig ausgehändigt worden, bezeuge hiermit. Dresden den 20. Dec 1800.

(von der Hand eines Schreibers)

Georg Friedrich Philipp von Hardenberg.

(eigenhändig)

NOVALIS AN LUDWIG TIECK IN BERLIN

Dresden: den 1sten Jan 1801.

Dein Brief hat mich herzlich gefreut. Wie lange wär ich Dir zuvorgekommen, wenn nicht seit dem August mich eine langwierige Kranckheit des Unterleibes und der Brust völlig außer Thätigkeit gesetzt hätte ... An Arbeit ist jezt nicht zu denken. Der Winter legt meiner Genesung große Schwierigkeiten in den Weg ... Ich schlendre so hin. Karl ist mein beständiger Pfleger – Julien ist auch hier und ich habe bis auf Kräfte und Gesundheit alles was mir angenehm seyn kann. In die Zeit meiner Kranckheit haben sich überdies die traurigsten Eräugnisse für meine und Juliens Familie gedrängt; die sich alle auf Kranckheit und Tod beziehn – So daß es eine trübe Zeit gewesen ist. Ich bin meist heiter gewesen ...
Was mich sehr plagt, daß ich nicht viel sprechen darf und das war mir zum Denken fast unentbehrlich.
Lebe wohl –

HEINRICH ULRICH ERASMUS VON HARDENBERG
AN SEINE FRAU IN WEISSENFELS

Dresden, 14. Januar 1801.

Gestern um 3 Uhr Nachmittags kam ich hier an. Meine Kinder waren mir entgegengefahren. Karl stieg gleich in meinen Wagen. Von ihm erfuhr ich über Fritz' Gesundheit, und als ich zu ihm kam, fand ich es auch so. Das Fieber war gestern Abend kaum zu spüren, die Beängstigungen kommen nicht alle Tage, und das Aussehen hat sich seit unserer Abreise nicht sehr verändert. Allein der Husten und der kurze Athem sind schlimm, so daß ihm das Sprechen schwer wird. Dies ist die genaue Wahrheit, die ich Dir schreiben kann. Er fährt täglich vier Stunden spazieren und braucht Kalkwasser und Eselsmilch. Seine beiden Doctoren sind krank und die Wohnung ist nicht besonders. Ich habe sehr darauf angetragen, nach Weißenfels zu gehen. Wenn das ist, so bringe ich Dir Julien gleich mit.

KARL VON HARDENBERG
AN LUDWIG TIECK IN JENA

Weißenfels, d 15ten Februar 1801.

Wir sind wieder hier, lieber Tiek; die Aerzte riethen meinem Bruder Veränderung des Orts, und Ruhe, Bequemlichkeit, und gänzliche Lossagung von Geschäften und unruhigen Zerstreuungen ... überdem sehnte sich mein Bruder sehr nach Hause ...
Mit Friz geht es nicht gut; die Aussichten werden mit jedem Tage trüber; wenn nur seine Leiden nicht gemehrt werden; denn jezt sind doch diese noch erträglich ...
Sie sind auch krank gewesen, guter Tieck? und haben doch zu uns kommen wollen? Nein! Sie haben es recht gemacht, daß Sie nicht gekommen sind; Sie hätten nur Leiden gesehen ...
Mit meiner Schwester, Sidonie, gieng es auch nicht zum Besten, doch ist sie jezt wieder besser, und lebt bey meiner ältern Schwester, die im Frühjahr ihre Niederkunft erwartet ...

VII
WEISSENFELS

März 1801

23. MÄRZ

Heute treibt das Wetter sein Spiel mit Wandergesellen. Hat einer drei wollene Wämse übereinandergezogen, legt sich plötzlich der Wind, der Himmel wird durchsichtig und von der Saale drückt eine seltsame Wärme herauf. Wenige Schritte vor Weißenfels. Was der Reise eine gute Bedeutung verleiht. Wolle Gott …

Im struppigen Raingebüsch geht das Rülschen der Vögel in Jauchzen über, Finkenschlag mit Nachtigallzungen: Sind eure Weibchen schon da oder sehnt ihr euch bloß?

Du, Friedrich Schlegel, habilitiert seit neun Tagen, die Ärmel abgewetzt vom Scheuern auf dem Pulte, die Fäuste noch rot vom Draufschlagen, wohin läufst du. Unser Weg endigt mit einer Aussicht, er endigt nicht absolut. So etwa trugst du es gestern noch vor, vertauschtest lediglich *Weg* mit *Philosophie*. So nahe liegt Welt bei der Wissenschaft. Zieh im Kopf eine Bleiplatte auf, und die Grenze fällt. Zu Freundes Totenbett läufst du. Seltsam, wie der Ort, wo ein Novalis sich zu sterben anschickt, dich mit Leben begrüßt. So fern wiederum scheint die Aussicht des Absoluten von diesem selbst …

Die Aussicht zum Beispiel, seit es bergab geht, auf ein gewisses altherzögliches Jägerhaus, diesseits der Stadt. Sein niederer Turmfuß quasi nach tiefer Erschöpfung in die kühlenden Wellen des Greislau-Baches getaucht – wie du weißt, also ahnst. Die Erschöpfung, die wäre das Absolute. Das Historische. Ob dank Gejage oder Gelage. Die abgeschlagene, aus der Decke geschlagene Schöpfung. Von den Läufen der Jagdkantate jenes Johann-Sebastian-Baches allenfalls für die gesellige Frist ihrer Premiere wiederbelebt. Wobei eben letztere nach Menschengeistes (nicht -magens) Ermessen als historischer Nukleus des Gemäuers gilt …

Erschöpfung? Woher bist du müde, habilitierter Scholar? Vom Maulaufreißen, lateinischen Redeschlachten bei eingeschlafenen Füßen? Verteidigung auf Feindes Terrain, sprich, almamatrischem Paukboden – gesalzene Thesen gegen gedunsene, sprich, gedungene Torheit?

Laß das alles. Jena laß.

Schwer hängst du am Knotenstock. Welcher doch schon über weit längere Wegstrecken dein fliegender Teppich war. Quer durch Kursachsen, bitte, komme geflogen. Heute sind's kaum zweieinhalb Meilen. Keine drei Stunden. Da du dir bis Naumburg den Postwagen glaubtest leisten zu müssen. Ließest statt deiner die Pferde traben. Dornburg, Camburg, mit den Saalewellen träge um die Wette. Nachdem der berittene Bote, in umgekehrter Richtung, am Morgen die Depesche brachte. Absender: Karl von Hardenberg …

Darum, Ruhe im Kopf. Daß das Herz seine eigene Liebe versteht. Sei es hier, *ante muros,* am ältesten Punkte *Wiszenuels.* Auf diesem Platz, zwischen schmächtigen Giebeln, wo weiland alle Stoßseufzer wendisch klangen: stillgestanden, gebetet. Auf deutsch – oder besser geschwiegen. Du, Friedrich Schlegel, preßt die Stiefel aneinander, packst mit beiden Händen den Stock, stemmst ihn auf – heiliger Dreifuß. Die Stirne gesenkt. Soll der und wer gaffen. Furcht und Launen laufen wie Schweiß an dir herunter und unter den Sohlen zu einem Rinnsal zusammen. Soll es vorn in die Greislau münden.

Kein Lärm, keine Stille. Die besiedelte Vorstadt vergällt der Vogelschar das Tirilieren. Einzig ein rührendes Gepiepse stiehlt sich aus den jenseitigen Küchengärtchen um Dachecken und Hoftorpfosten herum auf öffentliches Gelände, was da Straße heißt. Von Karrenrädern, Hufen und Schuhen gestempeltes Erdreich. Von Regengüssen schwerlich mehr aufzuweichen, eher verkleistert.

Übrigens, Regen. Was tupft da leise deine Mütze, deine Handrücken. Tropfen, oder Körner aus Gottes Sanduhr. Wo ist die Wärme hin. Apriliert das Wetter, neun Tage zu zeitig. Besser, du sputest dich, Pilgrim, ehe du hier noch wurzelst. Spring zu, das Beten gerät dir doch nicht. Im Niederwerfen eine Null, im Verwerfen jüngst mit Ach und Krach graduiert. Nämlich, wer sich vom Rückstand im Tiegel nicht löst, wäre kein Philosoph …

Nicht im Tiegel, aber im Ranzen: Was darf bleiben.

Erstens. Plato durchaus. Deine Thesen *De Platone* laß sausen, erst recht das Palaver darum, es soll im Orkus vergurgeln. Plato selber, der vor den Sterbenden – der Attrappenwelt Absterbenden – hergeht zur Wahrheit, so wie ihn der Freund vor zehn Jahren schon las: Er leite dich über den Steg.

Zweitens, aus der anderen Mappe: spanische Poesie, die innigsten Stücke, in deinen Worten. So kannst du den Schmerz im Moment, da du ihn mit dem Kranken teilst, in die Verse des Anonymus kleiden:

Vöglein, die ihr fliegt in Reihen,
Tiere, wandelnd auf den Weiden,
Sagt, warum wollt ihr nicht schreien,
Mich zu trösten in den Leiden?

Nachdichten heißt, das eigene Gefühl von fremden Blättern ablesen ...

Drittens. *Transzendentalphilosophie.* Sie erübrigt sich auf der Schwelle. Will sagen, sie schrumpft, von diesseits und von jenseits her, auf drei Sätze, sinnigerweise dieselben, in die du dein semesterlanges Kolleg hast ausklingen lassen:

Es soll ein Ganzes werden.
Die Trennung soll aufhören.
Es gibt nur ein Reelles.

Was daran wäre noch transzendent? Wir lieben und leben es schon ...

Das Getropfe läßt wieder nach, als sauge der Bach alle Luftfeuchte auf, um sie linkerhand in die Saale zu fädeln, die unten ruhig vorbeistreicht. In dieser Stunde bringt sie gegen das Schlucken und Schluchzen ihres schmalen Nebenlaufes keinen Laut herauf.

Hurtig, den Wallgraben überschritten.

Nur in Richtung Fluß steht hier noch Wasser, in langen dürftigen Vertiefungen, wie Wannen, wo Nachtmare baden. Rechts, im leisen Bogen bergan, die Rinne zugeschüttet, verfüllt. Ach, nicht allein mit Erde. Mit Leichnamen. Heute Gottesacker ... Vorübereilen gilt nicht. Wohl ist die Stadtmauer, die steinerne, teils überwachsen teils niedergelegt, das Niclas-Tor Legende, an ihrer Stelle aber türmt eine aus Schall sich gen Himmel, bis in die leeren Wipfelnetze von Linde und Ahorn hinauf: Vogelgeschrei, nach Laub und Liebe.

Zieh die Mütze ab zum Dank. Du, und dein alter Spanier auch.

Weiter, Schlegel, hindurch. Die Stadt eine Kuppel aus lauer ungeatmeter Luft. Was blinkert da. Ein Funken Abendsonne, auf einer Fensterscheibe, geradeaus am Ende der Gasse. Ein Lichtzeichen … Du biegst vorher ab. Wie zum Stirnereiben nah jetzt die Wand der Klosterkapelle. Das heißt, eine Fuhrenbreite daneben, die winklige Hardenbergische Toreinfahrt. Hinein, an der Hintertür geläutet.

Der Mensch dichtet gleichsam die Welt, nur weiß er es nicht gleich …

Wenn aber der Dichter stirbt?

FRIEDRICH SCHLEGEL AN SEINEN BRUDER AUGUST WILHELM IN BERLIN

Weißenfels. Den 24ten März 1801.

... *Hardenberg ist sehr freundlich und liebevoll gestimmt, nur äusserst matt. Er ist an den Füßen und im Gesichte geschwollen und dadurch etwas entstellt. Allein habe ich ihn noch nicht gesehn.*

24. MÄRZ

Spätnachmittag. Novalis im Bett liegend. Friedrich Schlegel sitzt auf einem Stuhl neben dem Fußende. Die Tür zwischen Schlafkammer und Stube steht offen.

NOVALIS
Lies noch einmal.

FRIEDRICH
Welches?

NOVALIS
Jungfrau, ewig Braut …

FRIEDRICH
Jungfrau, ewig Braut am Throne
Dessen, der zu allen Zeiten
Dich zum Troste uns bereiten
Wollte, für des Lebens Frone.
Du des heilgen Gartens Krone,
Hohe Perle, so uns bliebe,
Quell der gottgeweihten Triebe,
Strahlenglanz der ewgen Liebe,
Du, von der Gott selber schriebe,
Königin dich hieß zum Lohne …

NOVALIS
Schön.

FRIEDRICH
Im Spanischen leuchtet's noch samtiger. Ich hab alles Öl und Ei zusammengerührt, um im Deutschen die Farben herauszubringen.

NOVALIS

Schön, Fred.

FRIEDRICH

Die Dezimenstrophe. Zehn Zeilen, vier plus sechs. Wie zwei Schalen, aus einem Metall, eingefaßt von demselben Reim. Erst wird die leichtere angehoben – das Ohr merkt auf, aber es erschrickt nicht. Dann steigt die zweite, doppelt beladen mit Glut und Inbrunst, im Sog der ersteren empor.

NOVALIS

Zehn. Die Vollkommenheit.

FRIEDRICH

Oder der Weg dahin. Oder die Wegzehrung, die zumindest, auf zehn Rücken verteilt, der Karawane über den Tag reicht.

NOVALIS

Zehn Ziffern – daraus alle Summen der Welt.

FRIEDRICH

Wenn du es bei solenner Symbolik bewenden läßt. Die Kehrseite des Symbols heißt Arbeit – die Summe der Schritte und Handgriffe vor der Heiligsprechung: Poesie, wenn du willst.

NOVALIS

Lies auch:
Lieb' entquillt …

FRIEDRICH

… aus jeder Zone
Dir, des Lebens neue Sonne,
Leuchtend Licht, das uns, o Wonne,
Neu erschuf im irdschen Tone …

NOVALIS

Ja. Schale – Karawane – Arbeit. Dein Vers, über den Vers hinaus. Dein irdischer Ton. Herrlich, Fred.
Schau herab von deinem Throne …

FRIEDRICH

… Königin, zu der wir trachten,
Unsern Feind durch dich verachten,
Jeden Schmerz in Frieden brachten,
Ende du mein tiefes Schmachten,
Daß ich selig bei dir wohne.

NOVALIS

Ja. Wohnen wir – in Madonnistan. Sind wir schon angelangt.

FRIEDRICH

Glaubst du?

NOVALIS

Ein Stern, klein und warm, wie eine offene Hand.

FRIEDRICH

Darauf Jesus sitzt.

NOVALIS

Ja.

FRIEDRICH

Und wir anderen daneben, stecknadelkopfwinzige Engel?

NOVALIS

Sag: Engel-Adepten …

FRIEDRICH

Hätte ich's mir doch lieber anders vorgestellt, unser Ewigkeitsnest. Maßlos, grenzenlos.

NOVALIS
Maßlos? Du, Meister der Maße?

FRIEDRICH
Verzeih. Du kennst mich. Manchmal gehen die Gäule mit mir durch – vielleicht, weil ich nie welche reite – daß ich hinterm Ziel im Graben lande. Tu mir die Liebe, schon dich, laß mich auf Verdacht erklären, was du einwenden könntest. Leih mir dein Ohr, ich leih dir meinen Mund. Deine Mundwinkel laß ich dir wiederum. Sie lächeln. Ich darf also. Nämlich, bedeutest du mir, der Gegenstand, nach dem wir dichten und trachten, sei durchaus grenzenlos, auch wenn er ein Gesicht trage. Denn dieses weist zugleich in die Tiefe, bis auf sein Urbild zurück, wie es umgekehrt, in der Breite, alle nur möglichen Varianten, Spielarten, sogar Zerrbilder vorausnimmt. D'accord?

NOVALIS
D'accord. Warte. Gesicht des Gegenstands? Gegenstand – le sujet. C'est juste. Mais ce n'est pas tendre. Das Gesicht der Jungfrau, par exemple.

FRIEDRICH
Da hast du es, unser grätiges Deutsch. Es macht der Jungfrau derbe Wangenknochen. Gegen-Stand, will heißen: was der Sehnsucht entgegensteht und unsere Minne grausam verlängert ... Hinab damit. Hab ich's doch gerade berufen wollen, daß Einengung des Sujets, Beschränkung des Stoffs – von außen verfügt – zu allen Zeiten Despotie anzeigt. Von innen: Einfalt.

NOVALIS
Oh, Freund.

FRIEDRICH
Bin wieder in der eigenen Spur galoppiert, ich weiß. Laß mich weiter und retour an deine Seite. Zur Wiege der Maße. Zum Muttergottesschoß der Form, wie du mich fühlen machen

möchtest und wie ich's gern fühle. Horch nur hin, laß mich skandieren:

Daß ich selig bei dir wohne –

Fallendes Maß, Trochäus. Aber nichts fällt. Es ruht. Aufgehoben von der Vier. Vier Trochäen, vier Pflöcke des Weltenzeltes. Geborgen in Symmetrie.

Daß sie freundlich unser schone –

Doch nichts da, Bequemlichkeit! Ehe wir einschlafen im Zelt, bricht ein Kampf los, damals, draußen

In den Feldern von Sione –

Der Vierer setzt uns in Marsch, zwei mal zwei, rechts-links, schwerer Gleichschritt

Allen Schrecken gar zum Hohne!

Auch das vermag das Metrum. Jedes schließt sein Gegenteil ein. Was wieder die conditio sine qua non der Harmonie ist. D'acuerdo?

NOVALIS

Si, amigo. Zwar war es ganz deins. Doch bin ich ja ein Teil von dir. Und wenn es mir spanisch vorkommt –

FRIEDRICH

O Lieber! Noch zu Scherzen aufgelegt!

NOVALIS

– mein ich es doch ernst. Spanien, Land der glühenden Herzen und lohenden Scheiterhaufen, vom Hörensagen.

FRIEDRICH

– y caballeros y trovadores.

NOVALIS

Letztere – auf dem Jakobsweg.

FRIEDRICH

Wir ziehen mit. Freilich auf einer inneren Reise begriffen.

NOVALIS

Wie wahr. Heim in irdische oder göttliche Arme.

FRIEDRICH

Mit schmalem Gepäck. Verse, Reime –

NOVALIS

Zauberworte.

FRIEDRICH

Jedes zu seiner Stunde. Im freien Vers suchen und straucheln wir. Im gebundenen, auch im gereimten, sind wir irgendwo angekommen und sehnen uns weiter. Wohnen braucht den Reim wie ein Haus seine vier Wände. Verweilen, für immer, ist uns verwehrt wie das absolute Gedicht.

NOVALIS

Laß mich erst gesund werden. Daß ich die Lieder aufschreiben kann, die meine Seele schon übt.

FRIEDRICH

Wovon handeln sie?

NOVALIS

Von ihr. Braut, Göttin, Königin … Mit dem mütterlichen, dem julischen und dem Sophien-Antlitz.

FRIEDRICH

Du gehst so lange durch die Welt, bis du sie alle gesungen hast.

NOVALIS

Lies noch:
Herrin! Ach was sind wir ohne …

FRIEDRICH

... Deine süße Huld zu achten?
Wenn wir gleich die Pein verlachten,
Wird die Schuld uns trüb umnachten,
Wenn es nicht die Augen machten,
Lichter Hoffnung Chalcedone –
Du bist müde!

NOVALIS

Wo ist Karl?

FRIEDRICH

Sieh dort drüben zwei Augen blitzen, nicht Braut-, aber Bruderaugenchalcedone der dunkleren Varietät ...

NOVALIS

... in dunkler Stube!

FRIEDRICH

Er hat kein Licht angebrannt. Er leuchtet selbst.

NOVALIS

Bleib noch.

FRIEDRICH

Wohnen bleib ich, wie abgemacht. Den Stuhl geb ich frei – à bientôt, cher ami.

Novalis hat die Augen geschlossen. Friedrich gibt Karl ein Zeichen und geht hinaus. Karl macht sich am Bett, danach an den Kandelabern zu schaffen. Der Diener gleitet in die Stube.

25. MÄRZ

Bei Tagesanbruch läuten im Hardenbergschen Garten die Meisen. Um sechs Uhr steckt Karl von der Stube her leise den Kopf in Fritzens Schlafkammer. Fritz hat die Augen offen. Morgenlicht bescheint sein Gesicht, es lächelt. Fritz flüstert etwas, Karl beugt sich über ihn. Ein Buch will der Bruder. Eilige, fast lautlose Bewegung: Karl nimmt das Buch aus dem Schrank, bringt es zum Bett, legt es ab, schiebt Fritz ein Kissen in den Nacken. Fritz blättert mit der rechten Hand in dem auf dem Bettrand liegenden Buch, hebt dabei leicht den Kopf, läßt ihn bald sinken und schließt die Augen. Die Lippen murmeln eine Zeile, die er gelesen hat. Die rechte Hand sucht die linke, um sich mit ihr zu falten. Karl trägt das Buch wieder fort.

Im Haus ist es diesen Morgen sehr still. Befehl vom Vater, der selber in aller Frühe die Treppe hinabgeschlichen ist und jetzt bereits unten im Kontor arbeitet. Es hätte seiner Anweisung kaum bedurft. In den Schlafräumen macht sich die Wartfrau zu schaffen, schlägt die Betten nicht aus, glättet sie nur über den zuvor geradegezogenen Laken. Das Besorgen der Schüsseln und Wasserkrüge, über Schwellen und um halboffene Türen herum, ohne zu schwappen oder anzustoßen, folgt alter Übung. Die Rücksicht gilt dem kranken ältesten Sohn der Herrschaft ebenso wie dem noch schlafenden Gast Friedrich Schlegel. Das einzige Geräusch, das früh bis spät auf allen Etagen über die Diele in die Zimmer hineindringt, ist das Auf und Nieder der Schritte im Treppenhaus, als wisperte und klapperte es in einer Esse, wenn draußen ein Sturm fegt. Es ist der Familie vertraut und Teil der Stille geworden.

Doch heute sind selbst die Kinder schon gesittet die Stufen vom dritten in den zweiten Stock hinuntergetappt, gewaschen und angekleidet, um dort ihr Frühstück und danach die Lektion des Hofmeisters zu erhalten. Ein Viererhäuflein, sich an den Händen oder Schultern fassend, wie traurige Vögel, deren Schwingen einander zufällig berühren, denn der fünfte, den ihnen die Saale nahm, ist im Reigen noch nicht vergessen. So daß immerzu eins ins Leere zu greifen scheint, während die Ordnung zum Quadrat oder Rhombus auf gemeinsamen Wegen sich erst langsam einstellen will.

Dabei ist Auguste kein Kind mehr. Den nächsten Mittwoch hat sie achtzehnten Geburtstag. Das Lebenslicht an ihrem Platz bei Tisch wird, wie es aussieht, triste vor sich hin brennen. Allein wegen ihrer Zartheit, und weil sie die Große der Kleinen ist, zählt sie zu diesem Familienflügel, was ihr zupaß kommt, hält sie doch lieber eine Tafel im Schoß als einen Stickrahmen, und wenn der Hofmeister etwa einen Pflanzennamen abfragt, den sie schon einmal gelernt hat, macht es sie stolz, die richtige Antwort zu wissen.

Das Quartett wächst auch deshalb nur mählich zusammen, weil es in sich aus vier höchst ungleichen Paaren besteht. Guste und Mimi, die beiden Mädchen, eint nur das Geschlecht. Die Kleine ist zehn Jahre jünger, und beide träumen in verschiedenen Welten. Hans und Christoph, zwei Knirpse, letzterer sechs, ersterer zehn: ein Gickel, dem rosig der Kamm sprießt, über Nestküken unendlich erhaben. Mimi mit Christoph, das läßt sich noch hübsch an, wie sie manchmal Hand in Hand übern Hof wieseln. Doch Hans und Guste, der Runks neben dem Fräulein, die beiden teilen miteinander allenfalls Respekt vor dem Vater. Da war Bernhard, der pagenschöne, der Schwester schon ein artigerer Begleiter gewesen. An Bernhards Seite hatte auch Hans sich manierlich betragen und ihn als Stellvertreter der erwachsenen Brüder genommen, die selten genug, fremd wie Besucher, im Hause weilen und außer gelegentlichen gönnerhaften Scherzen meist dunkles Zeug reden. Seit Fischersleute den Jungen auf einer Bahre hereintrugen, tropfnaß, mit todbleichem Gesicht, wird Hans von Flausen geplagt wie von bösen Geistern.

Minutenlang ist im Gebäude kein Laut zu hören.

Karl tritt auf die Diele, schnippt mit den Fingern. Der Diener, der unten das Zeichen erwartet hat, bereitet dem Kranken sein Morgenessen und bringt es herauf. Karl trägt das Tablett nach drinnen. Er stellt es auf einen Schemel neben das Bett, so daß es für die leicht nach unten hängende Hand des Bruders bequem zu erreichen ist. Fritz ißt mit gutem Appetit eine Semmel. Er trinkt heißen Tee. Die Eselsmilch läßt er stehen. Von der Stärkung kehrt seine Stimme zurück. In gewohntem Tonfall wechselt er mit Karl einige Sätze. Karl fragt, ob er Schmerzen habe. Nein, nichts tue ihm weh.

Um acht Uhr Schritte auf der Treppe. Der Arzt, vom Diener nach oben geleitet. Karl öffnet die Tür, grüßt den Arzt, winkt dem Diener, er solle das Tablett mit hinunternehmen. Während der Arzt an das Bett tritt, entfernt er sich selbst ins Nebenzimmer.

Die Untersuchung verläuft schweigend.

Als der Arzt sich zu gehen anschickt, ist Karl wieder zur Stelle und führt ihn hinaus, über die Diele, bis zum Treppenabsatz. Der Puls ist sehr schwach und flackert, flüstert der Arzt. Es geht zu Ende. Vielleicht vor dem Abend.

Soll Karl Julie heraufholen. Freut es die Braut, freut es Fritz? Karl lauscht. Aus dem Salon im zweiten Stock dringt leiser Gesang von zwei Frauenstimmen. *Von Gott kommt mir ein Freudenschein, wenn du mit deinen Engelein mich freundlich tust anblicken …* Später, denkt Karl. Es ist gut, daß die Mutter Gesellschaft hat.

Zurück in Fritzens Kammer, sieht er den Bruder schlafend, bewegt sich nach nebenan, nimmt Platz am Tisch und öffnet sein Tagebuch. Von hier aus kann er, wenn er den Blick hebt, durch den Rahmen der geöffneten Zwischentür jede Regung des Kranken verfolgen.

Unten verstummt der Gesang.

Die beiden Frauen sitzen einander gegenüber am Fenster und schauen hinaus, doch hinter den Scheiben verschwimmt ihnen die Sicht.

Wie schade, liebes Mädchen, daß du meine Sidonie nicht antriffst, die dir so gut ist. Sie mag bei ihrer großen Schwester am Wochenbett sitzen, diesen Augenblick. Oder sie springt der Amme zur Hand, wozu sie sich nie zu fein vorkäme. Daß sie nur selber nicht kränkelt!

Das Herz der jungen Mutter wird ruhiger schlagen, wenn das der Schwester ihr zur Seite klopft!

Caroline ist dreißig, Kind! Ich zittere Tag und Nacht. Gib Gott, daß sie aufkommt! Meine Älteste, mein erstes, das der Himmel uns schenkte! Und schenkte sich selbst der jüngern Geschwister Rapusche, bis ein Schicksal sie spät in die Lausitz davonbläst! Ins Haus eines freundlichen Gatten zwar, wo unsereins sich kaum noch Häuser, eher Wüstenei und Wildnis vorzustellen geneigt ist. Herr, laß sie wurzeln – und tragen –

Scheint es nicht eine wundersame Fügung, edle Frau Mutter, daß gestern der Bote Ihnen die frohe Geburt Ihres ersten Enkels vermeldete – derweil wir in diesen Wänden bangen und weinen – ein Zeichen zum Leben?

O stille, gutes Kind ...

Fritz schlägt das Deckbett zurück, Karl eilt hinüber, doch es ist nichts.

... Elfe hab ich geboren, Kind. Zwei sind schon gegangen. Ich hab sie kommen, ich kann sie nicht gehen sehen. Erasmus – mein Erstverstorbener – muß ich nun so zu zählen lernen, o Herr – als sie Erasmus von Zillbach heimbrachten, im blühenden Alter von dreiundzwanzig – er schrie und keuchte, siebenundreißig Tage und Nächte, bis er ausgezehrt war –

Es ist vorüber.

Ich bin nie hinaufgegangen. Herrgott, vergib mir schwachen Kreatur, die du erschaffen hast.

Gott weiß, daß Sie die zärtlichste Mutter sind.

Auch Fritz ist geflohen, nach Tennstedt.

Ja.

Du bist blaß, Kind ...

Karl steht noch am Bett und hat die Decke jetzt so weit über die Füße hinuntergezogen, daß sie den Oberkörper frei läßt. Die Ränder schlägt er wiederum nach innen um und befestigt die oberen Zipfel, indem er sie links und rechts leicht unter die Hüften stopft. Fritz atmet tiefer.

Geknarre im Treppenhaus, verhaltenes Stapfen. Der Vater, der die Betstube aufsucht. Zunächst verharrt er in der Diele und horcht nach der Kammer des Ältesten hin. Kein Laut. Er tritt in den Raum, der nichts enthält als ein Pult, eine Bücherkonsole und zwei niedrige Holzbänke. Hier kauern nachmittags die Kinder während Vaters Bibelstunde. Heinrich Ulrich von Hardenberg will seinen Gott anrufen, doch die Stimme, sein so gewaltiger, oftmals polternder Baß, versagt ihm. Er greift ein Buch, stellt es aufs Pult und schlägt es auf. Tonlos die Lippen bewegend, liest er, was auf der Seite geschrieben steht. Erst als sein Blut ruhiger fließt, kehrt auch die Stimme wieder. Er kommt an einen Satz, den schleudert er laut, die Arme gebreitet, daß sie fast die Wände berühren, gegen das Licht des Fensters: *Die Seele kehrt zurück in das himmlische Reich wie die Braut in die Arme des Bräutigams.* Die Stimme bricht aufs neue, er schließt die Augen.

Die beiden Frauen im Salon sind nur kurz zusammengefahren. Als sie erkennen, daß der Hausherr Andacht hält, faltet die ältere, dann auch die jüngere die Hände.

Erasmus, mein erster Engel. Bernhard der zweite. Seit sie ihn heimbrachten, auf zwei zusammengebundenen Planken, und auf dem Treppenpodest absetzten – keine fünf Monate ist es her – Fritz bekam in Dresden den schlimmen Blutsturz davon –

Frau Mutter, Gott wird sich unser erbarmen!

– dreizehnjährig, für immer verstummt – die nassen Locken glänzten auf dem rissigen Holz – was hat er am Fluß gewollt, jenen kalten Oktobertag? Held sein? Mit Kameraden Kriegsspiele treiben? Die Furt durchqueren, bei Wind und Wetter, jenseits den Feind im Visier? Ach, hätte er weniger über die Ruhmestaten römischer Heere gelernt und mehr über die Tücken unserer Saale, denke ich manchmal – und weiß doch nicht, was ich denken soll. Außer, daß Gottes Wille geschieht. Ist etwas von oben zu hören, Mädchen?

Nein –

Vielleicht ist er vorausgegangen, durch die Fluten. Die anderen Knaben, im seichteren Wasser, kamen frei. Oder es ist anders gewesen.

Die Engel wissen die Wahrheit, sagt man …

Leises Schüttern der Treppe. Der Vater begibt sich zurück ins Kontor.

Fritz nestelt am Rand der Decke, als wolle er sie über dem Bauch glattstreichen. Die Fingergelenke zucken. Karl erhebt sich von seinem Schreibplatz, tritt auf Fußspitzen näher, aber weil Fritz die Augen geschlossen hält, bleibt Karl im Türrahmen stehen, um abzuwarten. Er zieht die Taschenuhr heraus. Neun Uhr. Fritz wirft die Hände in die Luft, fuchtelt ein wenig, fängt dann wiederum die eine mit der anderen ein und senkt sie ineinandergelegt auf die Brust. Hierbei wird der Atem hastiger. Plötzlich ruft er mit heller Stimme:

Karl, willst du uns nicht etwas Schönes auf dem Klavier phantasieren!

Warum nicht! lacht Karl.

Fritz läßt die Hände wie vorher zur Seite gleiten, er schaut in die Höhe, seine Augäpfel bewegen sich heftig, wobei er den Kopf nur schwach hin und her dreht.

Geht Karl zum Klavier, muß er den Bruder aus den Augen lassen. Bruders Wunsch ist Befehl.

Eben jetzt öffnet sich sacht die Stubentür, der Diener schlüpft herein und kniet vor dem Ofen nieder. Er zieht die Klappe auf, nimmt den Feuerhaken, lockert damit die Glut, pustet, um neue Flämmchen anzufachen oder um jedes beim Hantieren unvermeidlich entstehende Geräusch aus der Bahn zu blasen, auf der es das Ohr des Kranken erreichen könnte. Er legt mehrere Holzscheite nach und pustet weiter, bis sie anbrennen. Dann sieht er zu Herrn Karl hinüber, der ihm freundlich zunickt. Karl sitzt schon vor dem Instrument. Der Blick, schräg durch das Zimmer, in das Feuernest mit seinen winzigen gelb züngelnden Flammenspitzen hat ihm gut getan. Das Vorgefühl der Wärme tut es auch. Gegen die Fensterscheiben schlägt Regen. Der Diener schließt die Klappe und verschwindet. Den kurzen Moment, den er hierfür wiederum die Stubentür öffnet und hinter sich zuzieht, schwappt von unten ein Trappeln und Schlurfen herauf: Der Hofmeister führt seine Kinderschar aus dem Haus, rasch über den nassen Hof, ohne daß eins zu albern oder zu kichern wagte, ins Hintergebäude. Dort wird er mit ihnen Figuren ausschneiden. Einen Gang in die Natur versagt ihnen heute das Wetter.

Karl läßt weitere Zeit verstreichen, die Finger laufen über die Tasten, auf der Suche nach einer hellen Tonart. Probiert, gefunden.

Die linke Hand greift den Grundakkord. Die rechte eilt mit ihrer Melodie davon. Nur bis der Takt steht, dauert es ein wenig, so lange, bis der Kopf den Namen des Stückes nachgereicht hat, das schon erklingt. Mozart, *An Chloe.* Die Finger singen den Text, den die Erinnerung in Worte bettet: *Wenn die Lieb' aus deinen blauen, hellen Augen sieht …* Erinnerung, woran. Für Fritz an einen Wintertag in Freiberg, im Charpentierschen Hause, bei seiner Julie. Zu dritt im Salon. Fritz neben Julie auf dem Sofa sitzend. Julies Schwester Caroline am Klavier. Sie spielt dieses Lied. Während sie ihren Blick auf die Tasten gesenkt hält, berühren hinter ihr zwei Schläfen, zwei Nasenspitzen und endlich zwei Lippenpaare einander … Erinnerung, für Karl bloß an ein Erröten, ein Augenglänzen des Bruders, als Fritz die Szene nicht etwa beschrieb, sondern lehrhaft verklärte, indem er die Komposition in jener Lebenslage zu hören empfahl, in der wir bemerkten, *daß der Anfang der Philosophie ein erster Kuß ist,* wenn nicht gar selber gerade *in der ahndungsvollen Nähe eines ersten Kusses* wären …

Karl weint.

Anders Mutter und Braut. Ihnen versiegen die Tränen und weichen einer tröstlichen Mattigkeit, als die Musik, wie von fern, durch die Decke zu ihnen dringt. Julie schluchzt noch einmal heftig auf, denn sie erkennt das Stück, das alle Seligkeit, die es angestiftet, ihr wieder entreißt. Die Mutter hat sich geschneuzt und wirft nun erschrocken die Arme um Julie, sich weit von ihrem Stuhl nach vorn beugend und mit dem Ärmel Julies Wangen tupfend.

Mozarts Lied ist zu Ende und Karl in der Not, horchen zu wollen, wie Fritz atmet, ohne sein Spiel zu beenden, was den Bruder erschrecken könnte wie ein Bach, der zu rauschen aufhört. Karl nimmt das Pedal zurück, läßt die eine Hand eine Folge von Tönen sacht ausstreichen, als erfände sie einen Choral, und dreht sich dabei schräg nach hinten zur anderen Seite herum, um zu lauschen. Die Atemzüge des Bruders sind ruhig und gleichmäßig, er schläft. Karl setzt sich wieder gerade, führt den Choral noch fort, gibt auch ein paar Akkorde dazu, immer leiser und langsamer, bis seine Finger reglos über den Tasten schweben.

Er horcht. Keine Veränderung. Er hebt die Hände und legt das Gesicht hinein. Über der Anstrengung sind seine Tränen getrocknet. Hinter ihm ein Schatten. Jemand steht im Raum. Es ist Friedrich Schlegel.

Karl fliegt auf ihn zu. Sie umarmen sich schweigend. Noch Arm in Arm, auf Zehenspitzen, treten sie auf die Schwelle. Fritz hat die Augen geschlossen. Sein Atem jetzt kaum hörbar, nur das Ausatmen wie gegen leichten Widerstand, doch sogleich vom neuen Einatmen gefolgt. Die Stirn ein wenig nach hinten geneigt, zum Fenster hin, so daß ein Widerspiel des Lichtes entsteht, vom mattweißen Tageslicht zur schlohweißen Haut. Drinnen Glanz, draußen nur Abglanz.

Sie treten zurück in die Stube.

Wie hast du geruht? flüstert Karl. Soll ich nach Kaffee schicken?

Laß sein, Charles. Der Diener kam heizen und brachte mein Frühstück mit. Geruht hab ich – wohl mehr als du.

Nimm Platz!

Laß mich bei Fritz sitzen. Ihn anschauen.

Friedrich tastet sich in die Kammer und setzt sich in den Stuhl am Fußende, denselben wie gestern.

Vielleicht eine halbe Stunde lang scheint nichts im Haus sich zu verrücken. Der Regen trommelt nicht mehr. Die Tropfen laufen stetig die Scheiben hinab. Karl schreibt, wendet die Seiten seines in steifen Samt gebundenen Diariums lautlos, läßt die Feder kaum kratzen, tunkt sie nur flach ins Tintenfaß, damit die Federspitze nicht am Boden schabt. Ab und zu blickt er auf.

Friedrich sieht Hände, Kehlkopf und Kinn, aber nicht die Stirn des Kranken. Dafür sieht er sie achtfach gespiegelt, in den durch Leisten abgeteilten Feldern des hohen Fensters, wo die Regenschnüre weiß in weiß eine Schrift zeichnen, achtmal anders und ähnlich zugleich, wie Strophen eines nach strengem Schema abgefaßten Gedichtes. Friedrich möchte sie gern entziffern, als geistliches Lied bewahren.

Julie ist, nachdem sie der Mutter zum Dank lange die Hände gestreichelt hat, vom Stuhl aufgesprungen, taumelt, läuft zur Flügeltür und preßt sich mit weit ausgebreiteten Armen dagegen.

Auch ihre linke Schläfe berührt den blanken kühlen Lack, an dem nun ein paar Tränentropfen abwärts rinnen und, vom Wangenknochen aufgehalten, auf ihr Gesicht zurückfließen.

Komm, Kind, flüstert die Mutter vom Fenster her, steif vor Schreck und Ratlosigkeit, und, weil Julie sich unverwandt weiter mit ihrer ganzen zierlichen Gestalt gegen die Türfüllung stemmt, noch einmal: Komm, Kind ... tu dir nichts an, Kind ... Es nützt nicht, Julie scheint wie am Holz festgewachsen.

Da springen auch der Mutter, wie von selbst, die Arme auseinander, der Kopf fährt ein Stück in die Höhe, die Augen quellen ihr zu, und sie murmelt:

Es gibt so bange Zeiten,
Es gibt so trüben Mut,
Wo alles sich von Weiten
Gespenstisch zeigen tut ...

Endlich läßt Julie die Arme fallen, sie sinkt, noch an der Tür, in die Knie und antwortet:

Es schleichen wilde Schrecken
So ängstlich leise her,
Und tiefe Nächte decken
Die Seele zentnerschwer ...

Die Mutter:

Die sichern Stützen schwanken,
Kein Halt der Zuversicht,
Der Wirbel der Gedanken
Gehorcht dem Willen nicht ...

Julie, sich aufrichtend:

Der Wahnsinn naht und locket
Unwiderstehlich hin,
Der Puls des Lebens stocket,
Und stumpf ist jeder Sinn ...

Die Mutter, jetzt mit lauter, zerschluchzter Stimme:

Wer hat das Kreuz erhoben
Zum Schutz für jedes Herz ...

Julie stürzt zurück zum Fenster und geht abermals, nun zu Füßen der Mutter, in die Knie. Die Mutter legt ihre Wange auf Julies Haar. Beide:

Wer wohnt im Himmel droben
Und hilft in Angst und Schmerz ...

Die Mutter: Von Fritz!

Julie: Still ... er ist hier ...

Als Fritz beginnt, den Hinterkopf auf dem Kopfkissen hin und her zu reiben, fahren Karl wie auch Friedrich von ihren Plätzen hoch, treten näher, aber es gibt nichts zu tun. Nichts zu betten, nichts zu helfen. Fritz sagt etwas, es ist unverständlich, die Augen bleiben geschlossen. Der Atem geht heftiger, seufzerartig, beruhigt sich aber gleich. Karl und Friedrich tauschen einen Blick. Sie setzen sich wieder.

Karl denkt: Der Todeskampf beginnt. Ob er Julie hereinbringen soll. Nein, nicht. Der Abschied war gestern. Wie sie auf dem Stuhl am Fußende saß, wo Friedrich jetzt sitzt. Friedrich, von dem er hier, vom Tisch aus, die schwarzen Schuhspitzen sieht, übereinandergekreuzt. Wo der Vater gesessen hat. Schweigend, ohne jede Regung, wie eine Skulptur. Nur Fritz sprach, vom Haus des Vaters, im engeren wie im himmlischen Sinne, geistreich, der Gute. Murmelte Dankesworte. Schließlich ging der Vater hinaus. Dieser Stuhl, mit Julie schien er zu schaukeln, ein Maultier, das die Braut zum Geliebten trägt. Da liegt er, auf fürstlichem Lager, sein Antlitz glüht, daß die Luft des Gemachs sich in rosarotem Schimmer entzündet. Sie plaudern, sie lachen, die Braut steigt herab, weht näher. Als ihrer beider Fingerspitzen sich berühren, sprühen Funken.

O Karl, es ist nicht die Zeit der Märchen. Oder doch. Was Fritz da fabelt, auch das läßt uns am Boden zurück.

Friedrich denkt: Er ist sich selbst schon entwichen. Wir betrachten ihn beide, er selbst von oben, seelenleicht, sicherlich heiter, in die Kehle des Stucks geschmiegt, wo Wand und Decke ineinander übergehen. Ganz darf er noch nicht fort. Wundert sich ob der Sprüche, die seine Lippen noch zaubern. Ich von der Sohlenseite, über den verlassenen Körper hinweg, verzagt. Unsere Blicke kreuzen sich – sie bilden ein Kreuz.

Friedrich blinzelt, er hat zu lange ins Weiß gestarrt, das vor seinen Augen zu Schlieren und Sprenkeln gerinnt. Es schmerzt. Er senkt den Kopf auf die Knie. Allmählich zergeht das Nachbild der Fensterrippen unter seinen Lidern, ein senkrechter Balken, von drei waagerechten durchstrichen. Auch die Gedankenfigur gleitet davon.

Draußen ist es windstill. Der Regen spült gleichförmig die Scheiben hinab bis auf die Simse, wo er sich leise gurgelnd sammelt und weiter abwärts trieft. Die Laute des Wassers mischen sich mit dem durch Klappe und Ofentür gedämpften Geknister der Flammen. Karl schreibt: *Jetzt um $^1/_2$ 11 Uhr schläft er tief, röchelt, und der Atem setzt ganze Züge aus. Er erwacht nur auf Augenblicke und spricht recht irre, nur manchmal ist er bei sich, aber überaus ruhig und dem Anschein nach ganz ohne Schmerzen.*

Inzwischen ist nun doch, an einem gewöhnlichen Mittwoch, der untere Teil des Hauses in eine gewisse Schwingung geraten. Besucher kommen ins Kontor, Türen klappen, Treppenstufen knarren oder schüttern. Die Köchin huscht aus dem Hintergebäude, ein Tuch überm Kopf, über den pfützenbestandenen Hof und wagt sich, begleitet vom Diener, in den ersten Stock hinauf. Sie klopfen an die Salontür. Die Mutter ruft nicht, sie klinkt selber die Türe auf, mit einer Hand sich die Augen wischend. Geflüster, wie und wann die Herrin das Essen bereitet wünsche? Ob die Kinder separat zu versorgen seien, ob ein kleinerer Kessel, da es Eintopf gebe, herübergebracht werden solle, zum Warmhalten, für den gnädigen Herrn und die anderen Herrschaften? Die Mutter seufzt und beschließt, sich selbst hinabzubegeben, um nach dem Rechten zu schauen und ihrem verstörten vierblättrigen Kleeblatt, wenn nicht Trost, so zumindest ihre Liebe zu bezeigen. Sie winkt Julie zu und verschwindet mit den beiden nach unten.

Die Salontür bleibt offenstehen, und nun ist kein Halten mehr, Julie fliegt vom Fenster her durch den Raum bis auf die Diele, wo sie erschrocken innehält. Doch auch oben ist eine Bewegung entstanden. Nicht nur, daß die Wartfrau sich zwischenhinein in Herrn Schlegels Zimmer schlich und an Bett und Waschtisch zu schaffen machte. Karl seinerseits hat, als er von unten das Klopfen und Tuscheln vernahm, die Stubentür einen Spaltbreit geöffnet, um zu lauschen, was vorgeht. Sowie er bemerkt, daß Julie allein ist, schwirrt er die Treppe hinunter und schließt sie in die Arme.

Komm nicht, sagt er. Uns Hiesige kennt er nicht mehr. Tu dir dies Leid nicht an. Sei sicher, daß er nicht leidet. Gott macht uns zu Zeugen – eines großen Friedens – aus einer anderen Welt –

Julie drückt ihn wortlos und wendet sich ab, zur Treppe hin, der Mutter hinterher, hinten hinaus, zu den Kindern, weiß Gott, wohin.

Karl eilt an seinen Ort zurück, wo nun Friedrich steht und ihm besorgt die Hand auf die Schulter legt. Schweigend heben sie zwei Stühle vom Tisch weg an die Schwelle zur Kammer und lassen sich dort nieder.

Bleibt als vorerst letzte Erschütterung des Gebäudes das Heraufschleppen des Kessels, an zwei Henkeln gefaßt von Köchin und Diener, bis in die Beletage. Das reibende Geräusch beim Absetzen auf der Platte des Wärmeofens. Diebsleise Griffe in den Geschirrschrank, um neben der noch ungedeckten Tafel einige Teller bereitzustellen. Heiseres Klirren von Besteck. Der oder jener Klient verläßt, da es auf Mittag zugeht, das Kontor des Salinendirektors nach vorn hinaus, über die Freitreppe. Unvermindert schnürt Regen.

Im Hoftrakt hingegen gedämpfte Geschäftigkeit. In der niedrigen, geräumigen Stube, die den jüngeren Hausbewohnern als Zuflucht an Schlechtwettertagen dient und an deren Wänden selbstgefertigte Kulissen lehnen, wie sie bei festlichen Darbietungen des Familienensembles (nach Stücken, früher von Fritz, neuerdings eher von Karl oder Anton) gebraucht werden, hocken Guste mit Mimi, Hans neben Christoph an kleinen Tischen. Sie schnippeln, sticheln und schaben, je nach Vermögen, hantieren mit Papierresten und Holzabfällen, Hans verwaltet den Leimtopf. Der Hofmeister schreitet wachsam, doch bedrückten Gesichts auf und ab, die eine Hand auf dem Rücken, die andere halb nach vorn gestreckt, um notfalls helfend oder hindernd auf eins der kindlichen Werke niederzufahren.

Ein schwacher Duft von Wirsing, der aus den Küchenräumen herüberdringt, mischt sich mit dem schärferen Geruch des angerührten Leims.

Die Tür geht auf, und die Mutter tritt ein. Sie hat, die Küche verlassend, Julie aufgefangen, die ihr auf dem Gang beinahe entgegenfiel. Die Mutter holt sie wie eine große Puppe hinter dem Rücken hervor und schiebt sie in Richtung Ofenecke, wo der Hofmeister ihr geschwind einen Schemel hinrückt und mit der Handfläche vom Staub befreit. Julie setzt sich. Sie hat ihre Fäuste geballt und gegen ihr Mieder gepreßt, um sich zu halten. Die weiß gespannten Fingerknöchel schimmern vor dem lilagrauen Kleid wie Lichtflecke. Die Kinder starren sie an. Aus Gustes Augen laufen ein paar Tränen. Die Mutter zwängt sich hastig zwischen den Tischen hindurch, herzt erst Mimi, streicht Christoph über den Kopf, gleitet zu Hans, streichelt seinen linken Unterarm, der auf der Tischplatte liegt, während seine Rechte wie gebannt den Pinsel in die Luft reckt, eilt dann zu Gustchen hinüber, wobei ihr weiter Rock knisternd die Stuhlrücken streift, und hält sie eine gute Weile von hinten umfaßt. Seit die Tür sich auftat, hat niemand eine Silbe gesprochen.

Soeben ertönt, nahe wie neben dem Ohr, das Angelusläuten der Klosterkirche.

Julie ist von ihrem Schemel hochgefahren. Die Mutter löst sich von Guste, nimmt den Hofmeister beiseite und flüstert mit ihm wegen der hier unten einzunehmenden Mahlzeit. Der Hofmeister öffnet die Tür. Die Mutter greift Julie bei der Hand und zieht sie hinaus auf den Gang, auf den Hof, Richtung Haupthaus, wo der Regen es diesen Augenblick etwas milder meint.

Karl und Friedrich haben die Kammer nicht aus den Augen gelassen. Den Kranken, seine geschlossenen Augen und Lippen, die aufgedeckte, kaum merklich auf und nieder wippende Brust. Für eine Zeitlang findet der Atem der drei sich zum Gleichmaß zusammen. Denn Fritz röchelt nicht mehr. Kein Keuchen, kein

Aussetzen, nichts, was auf Luftnot oder sonst eine Beängstigung hindeuten könnte. Der Einklang wird auch durch das eifrige Glockengebimmel nicht unterbrochen. Nur Friedrich kommt es an, etwas zu sagen, Sprache in die Stille zu gießen, Worte des Freundes. Tonlos wispert er: *Jeder Körper hat seine Zeit. Jede Zeit hat ihren Körper.*

Als die Mutter und Julie im Salon eintreffen, sitzt dort schon der Vater. Der Anblick des wie in Stücke zerbrochen in seinen Sessel gekrümmten Mannes bringt die Mutter außer Fassung. Sie schreit auf, schluchzt, schilt Gott und sich selbst, verfällt, auf ihren Stuhl sinkend, in eine Litanei, die einzig aus den Namen ihrer zwei toten Söhne und dem des sterbenden besteht – und nicht enden will, bis Julie sich ein anderes Mal vor ihr auf die Knie wirft, die Hände hebt und fest um die Wangen der Weinenden preßt. Der Vater bleibt stumm. Der Regen peitscht erneut gegen die Scheiben.

Karl steht auf, tritt an das Bett, richtet in letzter gleichsam priesterlicher Hingabe die Bettücher, die doch ordentlich daliegen. Friedrich tritt hinzu, ihn drängt es nach einer zärtlichen Geste. Wie aber. Er greift nach einem Zipfel des Lakens, führt ihn zu Fritzens Stirn und tupft dort ein, zwei Tropfen Schweiß ab, die es doch gar nicht gibt. Die Stirn ist trocken und kühl. Der Glanz rührt wiederum vom Fenster her.

Karl und Friedrich schauen jetzt von oben auf die Brust. Aus dieser Perspektive erscheint sie bewegungslos. Mit den Lippen geht eine Veränderung vor. Waren sie bisher leicht aufgeworfen, erschlaffen sie nun von der Mitte her, während die Mundwinkel sich leise nach außen und oben ziehen. Ein Lächeln entsteht. Es währt. Karl fühlt nach dem Puls. Er sagt: Ruhe sanft, Bruder.

FRIEDRICH SCHLEGEL AN SEINEN BRUDER AUGUST WILHELM IN BERLIN

Jena den 27ten März 1801.

Gestern kam ich von Weißenfels zurück, wo ich vorgestern Mittag, den 25sten, Hardenberg sterben sah … Es ist gewiß, daß er keine Ahnung von seinem Tode hatte, und überhaupt sollte man es kaum möglich glauben so sanft und schön zu sterben. Er war solange ich ihn sah von einer unbeschreiblichen Heiterkeit …

28. MÄRZ

Weißenfels,
Zeitiger Lenz,
Mein Ort,
Meine Stunde

Westlich der Mauer
Ein schmaler Hain:
Einst Stadtgraben
Nach den Annalen

Hier ruhen Gebeine,
Bisweilen von ihren
Toten aus dem Äther
Besucht

Wie sonst schwebten
Erasmus und Bernhard
Herab vom Zenit,
Willkommen rufend

Wie hinge ich
Unter den Wipfeln
Hellwachen
Hungrigen Auges

Zweierlei Licht:
Glasiger Morgen,
Über dem Georgenberg
Die Sonne ein bleiches Mal

Ich weiß, daß ich lebe.
Ich weiß, daß ich der war,
Auf den sie dort unten
Erde schaufeln

Auf einen Sarg
Werfen sie händeweis
Sand und nennen
Stumm meinen Namen

Dreierlei Licht –
Denn über den Kronen
Der Raum loht
In überirdischem Feuer

Wo ist Mutter.
Ranke an Karls Arm,
Die welke Blüte Gesicht
Aufgebunden mit schwarzer Seide

Der Vater,
Den Hut in Händen.
Die weißen Finger
Pressen die Krempe

Seht: ich sehe.
Ich höre: Meisen.
Ich fliege, aber ihr
Haltet mich noch

Ohne Gewicht
Fahre ich nieder,
Ohne Schmerz durchfährt
Mich eine Haselrute

Will Karl an der freien
Schulter streifen,
Berühre ihn,
Kann ihn nicht rühren

Anders jener Platanenfaun,
Bewirft mich mit leeren
Samengehängen – Sei gegrüßt,
Meister Schabernack!

Dutzende Mistelfeen
Winken von ihren Inseln herab,
Bringen dem neuen
Seelengeschwister ein Ständchen

Muß aber noch
Nach den Meinen schauen,
Wie sie verzagt
Der Grube die Ehre geben

Hans, die Schuhspitzen
Einwärts gekehrt,
Blinzt zu Vater herüber
Zieht die Kappe vom Kopf

Anton, Brüderchen Leutnant,
Hergesprengt von Dresden,
Strammgestanden unter Linden,
Stiefel, Knöpfe und Tränen glänzen

Guste, du treue Espe,
Bis unter die Achseln von Efeu
Umklammert barmen deine
Dünnen Ärmchen gen Himmel

Nehme ich wahr
Oder verwirren sich schon
Die Geschöpfe, schlüpfen
Eins ins andere

Ist es Predigers Stimme
Oder ein Engel, der ruft:
Wir sind auf dem Gottesacker,
Hier erntet nur Gott

Ein Stümper bin ich
Im Engelerkennen,
Wünschte die Braut
Bei den Himmlischen

Dein naßgeweinter
Schleier, ärmste Julie,
Wie wenn er in Stärke getaucht
Zum Gefieder würde

Klebte sein Saum
Nicht wie Schlackschnee
Am bunten Rock deines
Bruders, des Fahnenjunkers

Füllt sich der Hain,
Aufgereiht jenseits der Pforte
Ein Fries verweinter Gesichter:
Hardenbergs Dienerschaft

Hand in Hand Mimi und Christoph,
Soviel Kinderhimmel in ihren Augen,
Daß sie das Spiel der Großen
Mit Erde nicht fassen

Da, aus den funkelgrünen
Nadelbüscheln eines jungen
Kiefernpaars lösen sich
Wie rosiger Rauch:

Caroline, Sidonie,
Schweben mir nach, ein
Fetzchen Hülle bleibt haften
An den harzigen Pinseln

Wie denn, sind wir
Ein Totengeschlecht:
Todgewohnte oder -geweihte,
Wehe den Lebenden

Laßt es gut sein.
Ich steige.
Klein wie Puppen seid ihr
Unterm Zweiggespinst

Die Worte zergehen,
Ruht der Mund
An der Wange der Liebe
Rund um den Horizont

Hör ich euren noch singen,
Summen die Sphären,
Sophia sei mein Schutzgeist –
Lebt wohl

FRIEDRICH SCHLEGEL AN SEINEN BRUDER
AUGUST WILHELM IN BERLIN

Jena, 17. April 1801.

Von den Gedichten aus dem Spanischen ist die Abschrift, die du hast, wohl gut genug. Ich habe nun noch eine besondere Vorliebe dafür, weil Hardenberg an seinen letzten Tagen eine so große Freude dran hatte …

Dresden, den 23ten April 1801.

... Es ist bei mir nicht die Trennung, die Entfernung, was mich zerschneidet, denn darüber kann man sich leicht beruhigen, sondern es ist meiner Seele, und so wird es dir auch sein, was dem Körper ein verlohrenes Glied ist: er war uns notwendig, er war eins mit uns, Gedanken und Liebe hatten eine gemeinschaftliche Wurzel ...

KARL VON HARDENBERG AN LUDWIG TIECK IN DRESDEN

Meiningen, 31. August 1802.

... Ich begreife jetzt wohl, daß er hat sterben müssen. Wir sind noch nicht reif zu den ungeheuren Offenbarungen, die durch ihn zu uns gekommen wären ...

ISBN 936618-88-7

 Die Satzarbeiten oblagen dem atelier eilenberger ... Als Schrift kam die Stempel Garamond zur Verwendung ... Das Buch wurde in der Offizin Andersen Nexö gedruckt und gebunden ... Die Gestaltung lag in den Händen von Frank Eilenberger, Leipzig ... Printed in Germany ...

Angaben zu diesem Buch und anderen Büchern des Verlages finden Sie auch im Internet unter: www.faberundfaber.de